Georg Wegener

Erinnerungen eines Weltreisenden

Der Autor

Georg Wegener wurde am 31. Mai 1865 geboren und starb am 8. Juli 1939. Er war ein deutscher Geograph und Forschungs-reisender und Professor an der Handelhochschule in Berlin.

Georg Wegener

Erinnerungen eines Weltreisenden

edition mabila

1. Auflage erschienen 1919 in Leipzig

edition mabila
Reihe „Europäische Klassiker"
© 2012. Alle Rechte vorbehalten.
ISBN 978-1-4716-5085-7

1. Durch den Stillen Ozean

Wundervoll und ganz eigen ist die Fahrt von San Francisco nach Apia über den Stillen Ozean, den Pacific. Über dies größte aller Weltmeere, neben dessen unermeßlichen Weiten das Atlantische fast wie ein Binnenmeer erscheint.

Wenn Amerikas Küsten am »Goldenen Tor« hinter uns verdämmert sind und nur Meer und Himmel in geschlossenem Rund uns umgeben, dann sind wir für lange Zeit losgelöst von dem gemeinsamen Leben der Kulturmenschheit. Außer den Sandwichinseln kommt bis Samoa keinerlei Land in unsern Gesichtskreis, und auch Schiffe begegnen uns in den spärlich befahrenen Weiten nicht. Eine tiefe, vollkommene Einsamkeit umgibt uns: eine Einsamkeit, die auf die Dauer um so zauberischer wirkt, als sie aus strahlendem Licht und Glanz gewoben ist.

Das »Stille« Meer verdient zwischen den Wendekreisen und in der Jahreszeit, in der wir fahren, dem Mai, auch noch in den Breiten nördlich davon, seinen Namen. Glatt wie eine blanke Metallscheibe oder mit leichtester Kräuselung dehnt sich die Meeresfläche um uns her, in wunderbarem, mit Worten gar nicht wiederzugebendem Farbenschimmer die Strahlen des Äthers, die Schatten und Lichter der schwebenden Wolken widerspiegelnd. Als seien Ströme von Diamanten über die Meeresfläche ausgegossen, so blitzen und funkeln überall die kleinen Glanzlichter auf dem Wasser. Haben wir aber das Gebiet des Passats erreicht mit seinem kräftigen und wunderbar stetigen Wehen, dann bedecken weißleuchtende Schaumkämme die See und dazwischen schimmert eine so wundervolle, berauschende Bläue, daß man sie auf jedem Gemälde für unwahr erklären würde. Es ist etwas Seliges, Götterhaftes, durch diesen Sonnenglanz und dies leuchtende Blau dahinzugleiten. Die Seele wird freudig davon bis in ihre Tiefen wie von einem köstlichen Wein: die Kämpfe und Sorgen des Lebens daheim erscheinen versunken hinter dem schimmernden Rund des Horizonts; die Wünsche und Pläne der Zukunft schweben wie Nebelbilder in Weiten, die uns nicht mehr berühren; still atmend genießen wir in der milden, reinen Luft nichts als die Wonne des Seins.

Stundenlang folgt der Blick dem Spiel der großen Seevögel, die unser Schiff begleiten. Dunkle, seltsame Vögel mit mächtigen schmalen Sichelflügeln, die ich sonst nie zuvor auf irgendeinem Meere gesehen. Aber sie sind unbegreiflich wundervolle Flieger; mühelos, ohne sichtbaren Flügelschlag schweben sie ganz nach Gefallen neben uns, vor uns, hinter uns, als sei die Bewegung des Schiffes für sie nicht vorhanden. Sie heben und senken sich mit den Kämmen der Wogen, über die sie so hart hinstreichen, daß ihre Füße das Wasser zu berühren scheinen, oder sie hängen über unserm Haupt wie unbewegliche Schattenbilder am Himmel. So folgen sie uns viele Tagereisen weit unermüdet.

Endlich aber werden auch sie weniger und weniger, und schließlich verschwinden sie ganz; in völliger Lichteinsamkeit zieht nunmehr das Schiff seinen Pfad.

Wie hypnotisierend wirkt diese sonnige Traumhaftigkeit des Daseins. Die Passagiere verdämmern, in ihren Deckstühlen den Tag. Die Leute sind auch halb träumend mit kleinen müßigen Arbeiten beschäftigt: sie streichen die Relings, schleifen Messer, ordnen Stricke und dergleichen.

Schweigend schreitet der Wachtoffizier auf der Kommandobrücke hin und wider. Kein lautes Wort ertönt an Bord: es ist, als geböte die große Stille selbst, nur zu flüstern.

Und die Nächte, die zaubervollen Nächte! Wenn das Tageslicht nach kurzer Dämmerung verglommen ist, dann glüht ein Sternenhimmel von unsagbarer Hoheit über uns auf. So groß ist die Fülle der Sterne, die in der klaren Luft bis zu viel geringeren Größen als bei uns sichtbar werden, daß es schwer ist, die altbekannten Sternbilder in dem Gewimmel wiederzuerkennen. Ein Stern aber unter ihnen leuchtet mit einer alles andere weit überstrahlenden Herrlichkeit: die Venus. Ich weiß nicht, ob es an der Klarheit der Tropennacht oder an der augenblicklichen Erdnähe dieses Sterns liegt, aber nie habe ich ihn oder irgendeinen andern Stern in einer ähnlichen Lichtfülle gesehen wie diesen jetzt. Er leuchtet selbst durch Wolkenschleier hindurch, und steht er klar über dem Horizont, dann wirft sein Abglanz eine feine Lichtstraße über die See. fast wie der Mond. Zu beiden Seiten dieser Straße breitet sich die Meeresfläche zu unsern Füßen wie ein dunkler, matter, nur hier und da geheimnisvoll leuchtender Sammet aus. Wie schön ist es, in der weichen Nachtluft am Vordersteven zu stehen, wo der schlanke Bug dies dunkle Wasser mit schwach phosphorischem Schein auf beiden Seiten von sich wirft, unablässig. Wie schön auch, schweigend im Faltstuhl auf dem Verdeck zu liegen und über sich die Lichter des Himmels zwischen den dunklen Linien des langsam hin- und herpendelnden Takelwerks einherwandern zu sehen und dabei mit seinen stillsten Gedanken Zwiesprache zu halten.

Wohl habe ich manch ähnliche Nächte auf andern Meeren erlebt, allein es war doch etwas anderes. Dieses Meer hier ist nicht nur das gewaltigste, es ist auch – wenn wir von den Eismeeren absehen – unserer Kultur bisher das fremdeste geblieben. Keine altvertraute Sage umkleidet für uns seine Wasser mit poetischem Schimmer, keine Sindbad-Märchen, keine Odyssee, keine Kraken- und Malstrom-Geschichten werden uns hier lebendig. Auch keine der alten historischen Erinnerungen hat hier ihren Schauplatz, keine Phönizierflotten schwammen hier, keine Wikingsschiffe und keine Armada. Einzig die Fahrten der großen Entdecker und Forscher, eines Magalhães, eines Cook, bilden die europäische Heroengeschichte dieser Gegenden. Im Vergleich zu dem dichtmaschigen Netz der regelmäßigen Verkehrswege, die heute die Ufer des Atlantischen Meeres verknüpfen, spinnen sich erst einige wenige solche Linien über die fast die halbe Erdkugel bedeckende Riesenfläche hinüber. Mächtiger, erhabener als anderswo redet daher hier in stiller Sternennacht allein die fremde Größe der Natur zu uns, in fast mystischer Feierlichkeit. –

Der Zufall fügt es, daß wir den Äquator gerade unter 166 ½ Grad westl. L. überschreiten, d. h. genau im Gegenmeridian von Berlin, und während hier, es ist kurz nach Mittag, die Sonne fast senkrecht auf uns herniederglüht, ist daheim die Mitternachtsstunde. Hier grenzenlose Einsamkeit ringsum; in Berlin auf der Friedrichstraße das übliche brausende, ruhelose Großstadtnachtleben! Es ist schwer, sich das vorzustellen. –

Der Gürtel des Nordostpassats ist durchmessen; veränderliche, leichte Winde umspielen das Schiff im Gürtel der Kalmen. Oder es ist ganz windstill. Feuchtwarm und drückend ist die Atmosphäre; dichte Haufenwolken ballen sich am Himmel zu immer breiterer Decke zusammen, und zeitweilig löst sich die Gewitterspannung in einem Regenguß, der mit wütender Gewalt, aber in kurzer Dauer herniederprasselt. Dann spannt sich ein Regenbogen funkelnd über die See, die fast bewegungslos, glatt wie eine ungeheure spiegelnde, heiße Stahlplatte daliegt. Welch ein Triumph des Menschen, daß die Dampfkraft uns heute spielend diese Zone der Stille durchschneiden und auch sie uns, trotz ihrer lastenden Glut, nur schön erscheinen läßt! Wie fürchterlich war sie in früheren Zeiten, wenn der des Gewebes der Luftströmungen nicht wie heute kundige Segler in sie hineingeriet und nun dort mit schlaffen Fittichen, regungslos Wochen, Monate hindurch in diesem schauerlichen Strahlengefängnis liegen mußte, bis die Nahrung in der Hitze verdarb, das Trinkwasser verfaulte, der Skorbut und das Nichtstun die Besatzung langsam zugrunde richtete!

Nach abermals zwei Tagen Fahrt in schwerer, äquatorialer Schwüle wird gegen Mittag deutlich in der glatten See unter unserm Schiffe eine breite, vom Südosten herlaufende Dünung merkbar, der Ausläufer des Seegangs im südlichen Passatgürtel. Alles atmet auf in angenehmer Erwartung. Um 6 Uhr, zur Zeit des Abendessens, beginnt ein fühlbares Wehen aus derselben Richtung durch die Räume des erhitzten Schiffes zu ziehen, genossen wie ein kühles Bad. Eine Stunde später ist der Südostpassat in voller Schönheit entwickelt!

Morgen noch, noch einen lichten, seligen Tag lang, werden wir durch eine ganz wie im Passatgebiet des Nordens wundervoll blaue, mit leichten silbernen Schaumkämmen geschmückte See dahingleiten. Beim Aufdämmern des nächsten Tages sollen wir in Samoa sein!

2. Talofa Samoa!

Ein erster, matter Dämmerungsschein brach durch mein Kabinenfenster, als ich plötzlich erwachte. Dieses Schweigen war an die Stelle des wochenlang unablässigen Dröhnens der Schraube und des gleichmäßigen Brausens der durchschnittenen See getreten; das Schiff lag still. Ich eilte auf Deck. Noch lagerte fast Nachtdunkel über dem Meere. Außer der üblichen Wache war dort nur noch eine Person anwesend, eine in der Morgenkühle verhüllte Gestalt, die über die Reling lehnend hinausschaute. Ich erkannte die junge Samoanerin Bella B., ein Halbblutmädchen aus Apia, von englischem Vater und samoanischer Mutter, die in San Francisco gewesen war und auf der »Alameda« die Rückreise machte. Die merkwürdige Erscheinung, das Rassemischungen oft besonders gutaussehende Menschen erzeugen, bestätigte sich auch an ihr; sie war eine auffallende Schönheit, schlank und doch üppig von Gestalt und das braune Gesicht mit der geraden Nase und den vollen Lippen von einem fremdartig stolzen Schnitt, der an römische Kaiserinnen erinnerte. Da sie gut englisch sprach, so hatte ich die Woche der gemeinsamen Meerfahrt von Honolulu aus benutzt, um von ihr in einer Art regelmäßiger Unterrichtsstunden – mit denen sie allerdings in der lässigen, weichen Trägheit ihrer Art ziemlich willkürlich umging – soviel Samoanisch wie möglich aufzuraffen. Als sie meinen Schritt jetzt hörte, wandte sie sich um und sagte zu mir, auf das Meer hinausweisend:

» *Taëlёёle!*« (»Das Heimatland!«)

» *Na ou fiafia. Talófa Samóa!*« (»Ich freue mich sehr. Sei gegrüßt, Samoa!«) antwortete ich.

» *Faafetái teláwa*« (»Ich danke vielmals«), erwiderte sie lächelnd.

Wir hielten auf der offenen See, ein paar Seemeilen vor der Nordküste Upolus, nicht der größten Insel des mit dem gemeinsamen Namen Samoa belegten Archipels, aber der wichtigsten. Von den übrigen Eilanden war nur das benachbarte Sawaii, als ein ferner bläulicher Schattenriß von unbestimmten Formen, am Horizont sichtbar.

Von Apia war noch nichts zu erblicken. Jetzt setzte sich die »Alameda«, der stattliche Dampfer der Union Steamship Company, wieder in Bewegung, und langsam, wie eine Wandeldekoration, glitt die reizende Küste vorüber, bis sich vor uns die halbkreisförmige Bucht von Apia entrollte.

Auf den spielenden Wassern der Bucht schwammen nur vier größere Schiffe: ein dunkelfarbiges amerikanisches Kriegsschiff, die »Abaranda«, die von der Insel Tutuila herübergekommen war, um die von uns mitgebrachte Post zu holen, ein kleineres dänisches Schiff aus Fanö, und – welch ein erfreulicher Anblick – die schmucken, blendend weißen Körper zweier deutscher Kreuzer. Außer dem »Cormoran« traf ich durch einen glücklichen Zufall auch den »Seeadler« an, der gerade drei Tage zuvor von den Karolinen hier eingelaufen war.

Vorsichtig war unsere »Alameda« durch die auch bei ruhigem Wetter Aufmerksamkeit erheischende Öffnung zwischen den Korallenbänken hineingesteuert. Die Ankerkette rasselte nieder, noch weit vom Ufer. Eine größere Landungsbrücke zum Anlegen gab es in Apia nicht. Boote vermittelten den Verkehr.

Die Ankunft des Postdampfers von San Francisco, der die monatlich einmalige Verbindung mit der Heimat bringt – die Postzeit ist ungefähr 27 Tage von Berlin –, bildet eins der Hauptereignisse im Leben der hiesigen Europäer und ist die große Sensation auch für die Eingeborenen Apias.

Alles aber spielte sich überraschend ruhig ab. Pünktlich und stramm, wie man es von deutschen Beamten gewohnt ist, erschienen die drei offiziellen Persönlichkeiten, der Arzt, der Postmeister, der Zollinspektor, an Bord, sonst zunächst niemand. Rings um das Schiff nichts von jenem bunten Gewühl und Geschrei, wie man es in asiatischen Häfen gewohnt ist. Nur ein paar mit bescheiden wartenden braunen Ruderern besetzte Überfahrtsboote europäischer Bauart lagen unten, die am Heck eine Tafelaufschrift trugen, daß sie »obrigkeitlich zugelassen« seien: alles höchst korrekt, ordentlich und – ein bißchen nüchtern!

Ich bestieg eines der Fährboote, die braunen Jungen legten sich kräftig in die Riemen, rasch schwebten die Kokospalmenwipfel des Strandes zu mir heran, und einige Minuten später sprang ich ans Land – mitten in der Weite des Großen Ozeans auf deutschen Boden!

3. Bei König Mataafa

Unter den Hoffnungen, mit denen ich nach Samoa kam, war mir eine der wichtigsten gewesen, auch Mataafa (spr. Máta-áfa) kennen zu lernen, den meistgenannten unter den samoanischen Königsanwärtern der letzten Jahrzehnte, den *»grand old man«* von Samoa.

Das Glück schien mir gleich am ersten Tage zeigen zu wollen, daß es gesonnen sei, über meinem Aufenthalt auf den Inseln mit günstiger Laune zu walten. Als ich am Nachmittag meiner Ankunft an Bord der beiden deutschen Kriegsschiffe »Cormoran« und »Seeadler« meinen Besuch machte, traf ich die Kapitäne und die Mehrzahl der Offiziere nicht an.

»Die Herren sind bei Mataafa,« sagte mir der wachhabende Offizier des »Cormoran«. »Gehen Sie doch hinüber,« setzte er dann, mein lebhaftes Interesse gewahrend, hinzu. »Sie treffen sie gleich alle zusammen und sehen auch Mataafa. Das wäre doch gewiß interessant für Sie.«

»Ja, das wäre es in der Tat, aber wie kann ich denn das?«

»Gehen Sie nur an dem Haus vorbei, das er bewohnt; es ist offen, man wird aufmerksam auf Sie werden, und dann gehen Sie einfach hinein. Unser Kapitän weiß bereits von Ihrer heutigen Ankunft und erwartet Ihren Besuch.«

So machte ich mich denn auf den Weg, in ziemlich spannungsvoller Stimmung. Nach allem, was ich bisher über Samoa und seine Geschichte gelesen hatte, war Mataafa unzweifelhaft derjenige, in dem eine überwältigende Majorität des Volkes ihr rechtmäßiges Oberhaupt sah, und mir war zumute, als ob ich in das Haus eines alten homerischen Königs treten sollte. Wie schön war es doch, daß uns mit dieser Inselgruppe gerade derjenige Archipel der Südsee in die Hände gefallen, in welchem sich die sonst bei der Berührung mit den Weißen rasch verschwindende polynesische Kultur noch fast ganz rein erhalten hat.

Was ich von dieser Kultur wußte, zeigte sie zwar noch kindlich einfach, aber auch kindlich liebenswürdig und zugleich übergossen mit einem Hauch von Poesie und natürlichem Adel, einem klassischen Schimmer, wie wir ihn bei den Griechen des heroischen Zeitalters finden. Es schien mir eine Ehrenpflicht Deutschlands zu sein, nachdem diese Inseln nach endlosen Wirren unter unsern Schutz gekommen, dafür zu sorgen, daß diese Gesinnung, und das Völkchen selbst mit ihr, nicht, wie anderwärts überall, rücksichtslos durch die Weißen und ihre Wirtschaftsexperimente vernichtet würden: beispielsweise wie auf den Sandwichinseln, woher ich eben kam; nur damit noch ein paar tausend Taler mehr aus dem Lande gezogen werden können. Es schien mir, als ob Deutschland hier wie ein reicher und vornehmer Mann sein müsse, dem zu seinen vielen Landgütern ein Rosengärtchen hinzugefallen ist, und der nun nicht die Rosen herausreißen wird, um auch hier noch Kartoffeln zu pflanzen.

Am Gouvernementsgebäude vorüber schritt ich die schöne Straße auf dem schmalen Landstreifen des alten geheiligten Königslandes Mulinuu vorwärts, mächtige Palmenwipfel über dem Haupte, rechts voraus das kräftige Rauschen der freien Meereswellen im Passat, zur Linken die weiten, stillen Wasserflächen der im Westen der Halbinsel liegenden nächsten Bucht und hinter dieser sammetweiche, malerische, grüngoldig und mattblau schimmernde Höhen. Endlich gewahre ich zur Seite vom Wege zwischen den Bäumen eine runde Hütte von der aus Abbildungen bekannten Form der samoanischen Häuser. Das wohlgebildete ovale Dach aus Zuckerrohrstroh war augenscheinlich noch ganz neu. Die säulenartigen Pfähle aus frischem Holz, die es trugen, waren sauber. Sonst unterschied sich das Haus in nichts von andern besseren samoanischen Hütten.

Auf dem freien Vorplatz davor standen zwei Samoaner, außer dem Hüftschurz mit einer erbsengelben, livreeartig weißbestickten Jacke und einer Schirmmütze angetan und einen Polizeistock im Arm: augenscheinlich als eine Art königlicher Garde oder Ehrenwache.

Als die langen Streitigkeiten zwischen Deutschland, England und Amerika über den Besitz der Inselgruppe am Ausgang des Jahrhunderts endlich damit ihren Abschluß gefunden hatten, daß England ausschied, Amerika die drei kleinen östlichen Inseln Tutuila, Manua und Rosa erhielt, Deutschland die beiden größten und wertvollsten westlichen, Upolu und Sawaii, und als wir nun im Anfang des Jahres 1900 die deutsche Schutzherrschaft über die bis dahin, dem Namen nach wenigstens, unabhängige Inselwelt verkündigt hatten, da belehnten wir Mataafa zwar nicht mit dem alten samoanischen Königstitel, Tupu, um den sich die mit den Streitigkeiten der drei Kolonialmächte parallel gehenden Eingeborenenkämpfe gedreht hatten. Wohl aber beabsichtigten wir, uns doch den großen Einfluß dieses Mannes zur Wiederherstellung geordneter und friedlicher Zustände unter den Eingeborenen zu sichern und verliehen ihm mit der neugetroffenen Bezeichnung Alii sili, d. h. »großer Mann«, doch eine besondere Würde- und Vertrauensstellung über allen andern Samoanern. Diese kam unter anderm auch in dem heutigen Besuch des Kapitäns und der Offiziere des neu angekommenen Kreuzers »Seeadler«, unter Begleitung des Offizierkorps des alten Stationsschiffes »Cormoran«, zum Ausdruck. Im Volksmund hieß der Häuptling durchweg »King« Mataafa.

Das Innere der Hütte stand den Blicken offen. Zwischen den Pfosten wurde eine Anzahl weißgekleideter Europäer sichtbar, die dort auf dem Boden saßen, die Offiziere von den Kriegsschiffen. Einen Augenblick blieb ich zögernd auf dem Wege stehen, unschlüssig was zu tun sei; dann ging ich langsam auf das Haus zu. Sogleich erhob sich unter den darin Sitzenden ein ebenfalls europäisch gekleideter Mann, aber von bräunlicher Hautfarbe, kam hervor und fragte höflich, in englischer Sprache, nach meinem Begehren. Ich bat ihn, den Herren Kapitänen meine Karte zu übergeben. Dies tat er. Ich sah, wie einer der beiden etwas zu seinem Nachbar sagte; dann kam auch er heraus und trat mit der freundlichen Begrüßung auf mich zu:

»Ich bin Kapitän Emsmann und freue mich sehr, Sie zu sehen. Sie sind mir bereits von der Admiralität daheim gemeldet. Kommen Sie mit hinein, ich stelle Sie vor.«

Damit hatte ich die erste Bekanntschaft eines Mannes gemacht, dessen Liebenswürdigkeit und zuvorkommende Hilfsbereitschaft mir für meinen samoanischen Aufenthalt von unschätzbarer Bedeutung werden sollten. Mit ihm trat ich nun, unter der nur etwa anderthalb Meter hohen Dachwand mich hindurchbückend, in die Königshütte ein. Hier saß Mataafa nach samoanischer Art mit gekreuzten Beinen auf dem mit blendend sauberen Flechtmatten belegtem Boden. Ich erkannte nach den Bildern sofort seinen mächtigen runden Kopf mit dem kurzgeschorenen grauen Haar und dem Crispi-Schnurrbart. Er trug eine einfache weiße Jacke und einen weißen Lavalava, den samoanischen Hüftschurz; in der Hand den kurzstieligen Fliegenwedel der samoanischen Häuptlinge, sonst aber keinerlei äußeres Abzeichen seiner Würde.

Rechts und links von ihm hatten Kapitän Emsmann vom »Cormoran« und Kapitän Schack vom »Seeadler« ihren Platz und an diese schlossen sich, im Halbkreis hockend, so gut wie sie die schwierige Sitzweise fertig brachten, die jüngeren Seeoffiziere in ihren weißen, blankknöpfigen Uniformen. Gegenüber saßen die Hausgenossen Mataafas: eine ältere Frau, die seine Nichte war, einige jüngere Mädchen und Männer; im ganzen etwa sechs oder acht Personen.

Nachdem die allgemeine Vorstellung unter uns Weißen vorüber war, schloß auch ich mich dem hockenden Kreise an. Eines der hübschen braunen Mädchen mit Hüftschurz und bunter Jacke brachte mir lächelnd eine frische, geöffnete Kokosnuß voll kühlen, klaren Saftes. Als vorsichtiger Mann hatte ich mir von meiner schönen Lehrerin an Bord der »Alameda« aus der samoanischen Sprache vorher unter anderm auch dasjenige Wort beibringen lassen, nach dem ich mich in fremden Ländern immer zuerst erkundige, weil man damit unter verständigen Leuten am weitesten kommt. Ich meine den Ausdruck für »Prost!« So hob ich denn meine Kokosnuß, schwenkte sie gegen den König und rief » *manuía!*« Die Wirkung blieb auch hier nicht aus: das Publikum staunte mich an und Mataafa gab mir, sichtlich angenehm überrascht, mit einer Verbeugung den üblichen Gegengruß. » *soifúa!*«, zurück.

Der natürliche Trank schmeckte nach der heißen Wanderung köstlich. Das junge Mädchen überreichte mir hierauf mit graziöser Bewegung eine samoanische Zigarette, deren Hülle aus einer Art Bast geformt ist, und ich begann eben, in dem Glauben, daß es nun der Zeremonien genug sei, mich mit großer Behaglichkeit in meiner ungewohnten Umgebung umzusehen, als Kapitän Emsmann mir eröffnete, jetzt würde mir Mataafa eine Rede halten. Er habe ihm vorhin gesagt, daß der Kaiser ihm, dem Kapitän, einen Brief geschrieben hätte, worin er meine Ankunft angekündigt habe; ich hätte die Absicht, zu sehen, wie sich Samoa unter den neuen friedlichen Zuständen unter deutscher Schutzherrschaft entwickele, und davon in Deutschland zu berichten. »Sie wundern sich etwas, daß ich Sie mit dem Kaiser in Zusammenhang bringe. Das muß ich tun; Ausdrücke wie Admiralstab oder Auswärtiges Amt würden die Leute gar nicht verstehen. Was hier behördlich von Deutschland kommt, das ist immer der ›Kaisa‹.«

Wirklich begann Mataafa eine festliche Begrüßung an mich. In ruhiger Art, mit langsam abgemessenen Worten, flossen die Sätze von seinen Lippen, während seine Rechte den Fliegenwedel langsam hin- und herschwenkte. Ich nahm dabei Gelegenheit, ihn mir ordentlich anzusehen. Vor mir saß ja einer jener Männer, wie sie bei einem primitiven Volke lange in Liedern und Geschichten fortleben: ein alt-vornehmer Adliger, um den sich seine Sippen ein Leben lang geschart; ein großer Krieger, der aus den endlosen Parteikämpfen der letzten Jahrzehnte zuletzt als Sieger hervorgegangen war und dem eine langjährige Verbannung und seine endliche Rückkehr in der Phantasie des Volkes noch eine Art odysseeischer Glorie gegeben hatten; jetzt im Alter endlich ein Weiser, auf den die überwiegende Mehrzahl des Volkes mit höchster Ehrfurcht schaute. Mataafa war ein körperlich mächtiger Mann, sechs Fuß etwa hoch, breitschultrig und wohlgebaut. Doch schien er jetzt alt geworden; seine Augen leuchteten nicht mehr feurig, wohl aber sprach maßvolle Würde und seine Freundlichkeit aus ihnen.

Der junge Mann, der mich vorhin empfangen hatte, ein Mischblut, der deutsche Regierungsdolmetscher, übertrug seine Worte. Der Inhalt war kurz dieser: Die Samoaner seien jedesmal sehr erfreut, wenn große Männer aus Siamangi (Deutschland) über das gefahrvolle Meer zu ihnen kämen, um zu erfahren, wie es hier zuginge. Ein solcher könne immer sicher sein, daß er in Samoa ein hochgeehrter Gastfreund sei, zumal wenn er vom »Kaisa« käme; und so begrüße er mich als den seinigen und danke mir für mein Erscheinen. Wenn er während meines Aufenthalts in Samoa irgend etwas für mich tun könne, so bäte er mich, es zu sagen.

Ich verbeugte mich, verbindlich lächelnd, und wollte mich eben wieder dem Rest meiner Kokosnuß und ihrer Schenkin zuwenden, als mir der Kapitän auf deutsch zurief:

»Jetzt müssen Sie auch eine Rede halten.«

»Himmel, ich?«

»Unbedingt!«

Der Zufall wollte es, daß heut gerade mein Geburtstag war. Und ein froher Übermut ergriff mich über den wundervollen Reichtum meines Daseins. Ich brauchte ja nur zu sagen, wie glücklich ich war, den heutigen Tag so zu erleben wie er war: das war die beste Rede, die ich halten konnte. So redete ich denn frisch etwas der Art von der Leber weg: ich weiß nicht mehr was und auch nicht mehr wie lange. Stückweise übersetzte der Dolmetscher. Endlich schien es mir genug zu sein, und ich hielt inne. Der Kapitän aber, der ein wenig vor sich hingelächelt hatte, rief mir zu:

»Sie müssen jetzt noch den lieben Gott hineinbringen, das ist hier Sitte.« Nun, auch das war an diesem wunderschönen Tage und in meiner Stimmung nicht allzu schwer. Ich rief also dankbaren Herzens den Segen des Allmächtigen über Mataafa und sein Haus herab.

»Wenn Sie nun fertig sind,« sagte Kapitän Emsmann wieder, »dann müssen Sie *uma* sagen, d. h. es ist aus: sonst denkt Mataafa, es kommt immer noch etwas.«

Mein Gott, es war doch nicht so ganz einfach, eine richtige Rede in Samoa zu halten. Ich machte also noch einen schwungvollen Schlußsatz und sagte dann » *uma*!«

Meine lange Ansprache rief eine neue Rede Mataafas hervor, in der er mir mit all den Wahlgesetzen Formeln samoanischer Höflichkeit anbot, mir jede Auskunft über Land und Leute zu geben, deren ich bedurfte. Hierauf wendete er sich endlich wieder seinen übrigen Gästen zu.

Nach einigen Wechselgesprächen zwischen den Hauptpersonen und wortlosem, aber um so vergnügterem Zutrinken, Lächeln und Kichern zwischen den Offizieren und den jüngeren Damen des Hofstaates brachen wir auf. denn die Sonne wollte sinken. Mit einem Händedruck ver-

abschiedeten wir uns von Mataafa und schritten im Abend-
licht nach Apia zu. Hinter uns wurde von zwei Männern das
nach samoanischer Sitte uns gespendete Gastgeschenk, ein
im ganzen gebratenes Schwein, getragen.

4. Falealili

Der wenige Tage vor mir eingetroffene Kreuzer »Seeadler« war bestimmt, den »Cormoran« abzulösen, der fast ein ganzes Jahr vor Apia in Station gelegen hatte und notwendiger Ausbesserungen wegen jetzt nach Sydney ins Dock gehen sollte. Ehe der »Cormoran« dahin abfuhr, unternahmen beide Kreuzer noch eine gemeinsame Reise durch den ganzen, seit Beginn dieses Jahres deutsch gewordenen Bereich des Archipels. Kapitän Emsmann wünschte den Nachfolger in das Gebiet der Marinestation einzuführen, ihm die verschiedenen Häfen, Ankerplätze, Fahrwasserverhältnisse zu zeigen. Zugleich war dies für den neuen deutschen Gouverneur Dr. Solf eine günstige Gelegenheit, die erste Rundfahrt durch sein Reich zu unternehmen und dabei den Dörfern an der Küste den Anblick gleich zweier deutscher Kriegsschiffe auf einmal vorzuführen – eine nach der Besitzergreifung besonders wertvolle Maßregel. Der Gouverneur reiste auf dem »Cormoran«. Mataafa war zur Mitfahrt aufgefordert worden; er wurde, um Etikettenschwierigkeiten aus dem Wege zu gehen, auf dem »Seeadler« untergebracht. Ferner begleitete die Fahrt der erste Kaufmann des Archipels, der Leiter der großen »Deutschen Handels- und Plantagengesellschaft der Südsee«, Herr Riedel. Endlich erhielt auch ich vom Kommandanten des »Cormoran« die liebenswürdige Einladung, mich als Gast seines Schiffs anzuschließen.

Am Morgen des 6. Juni verließen wir den Hafen von Apia und fuhren an der Nordküste der Insel Upolu nach Osten.

Unser erstes Reiseziel war das an dieser Küste gelegene große Eingeborenendorf Falealili. Die Gemeinde, eine besonders kräftige und eigenwillige Bevölkerung, gehörte seit Menschengedenken zu dem Ostbezirk Upolus, dem alten Stammesherzogtum Mataafas, Atua, hatte sich aber in den

23

Wirren der letzten Kriege der Malietoa-Partei und damit dem Mittelbezirk Tuamasanga angeschlossen. Der Gouverneur hatte nun nach Einsetzung der deutschen Herrschaft verfügt, die alten einheimischen Verwaltungsgrenzen vor den Wirren sollten wiederhergestellt werden: Falealili aber, durch die Bande gemeinsamer Kampfesbrüderschaft und auch durch mannigfache, inzwischen eingegangene Familienverbindungen enge mit den Geschlechtern Tuamasangas verknüpft, hatte sich entschieden geweigert, dem Befehl zu folgen. Es war dies ein Punkt, in dem der Gouverneur nicht gut nachgeben konnte. Um so weniger, als dabei auch die Autorität des von uns als »Alii sili o Samoa« eingesetzten Mataafa in Frage stand. Er durfte aber hoffen, durch persönliches Erscheinen und durch den Anblick zweier Kriegsschiffe die Widerspenstigen zur Vernunft zu bringen.

Der Abend senkte sich übers Meer, als wir vor der schwierigen Reede von Falealili anlangten. Unter den schönen Kokospalmen der Küste wurden die Dächer der zahlreichen Kutten des augenscheinlich stattlichen und wohlhabenden Dorfes sichtbar: aber noch zur Nacht zu landen war bei der außerordentlichen Gefährlichkeit der Korallenküste nicht rätlich. Im Schutz einer kleinen Insel, die sich auf dem der Küste vorgelagerten unterseeischen Außenriff von selbst gebildet hat, gingen wir vor Anker; in einem Korallengebiet, wo sich einem mit den hiesigen Gewässern nicht vertrauten, nur an europäische Verhältnisse, an sorgfältig vermessene Gründe. Leuchtfeuer und Ankerbojen gewöhnten Schiffer vielleicht die Haare gesträubt hätten.

Die »Insel des Tintenfischs« heißt bei den Eingeborenen das von Palmen und dichtem Unterholz erfüllte Inselchen; es gilt ihnen als der Wohnsitz eines mächtigen Geistes. Wirklich sah es heut abend auch übernatürlich und götterhaft genug aus. Wie den Felsen der Brünhilde die Waberlohe umgibt, so war es von dem unüberschreitbaren Gürtel einer wilden Meeresbrandung umschlossen, die das bis dicht an die Oberfläche aufragende Korallenriff hervorrief. Es war ein wundervoller Anblick, die mächtigen Ozeanwogen der Passate langsam heranrollen, in smaragden durchscheinendem Grün sich am unsichtbaren Rande des Riffs emporbäumen und mit majestätischem Donner und blendendem Schaum auf dessen Oberfläche niederbrechen zu sehen. Inmitten der tosenden Wasser aber schwamm das kleine Eiland, samt der Brandung selbst von der sinkenden Sonne glutübergossen, in einem lodernden Glanze.

Noch war die Nacht nicht ganz hereingebrochen, als das Ankermanöver beendigt war und »Cormoran« und »Seeadler« ruhig schaukelnd im Schutz der Insel und des Riffs auf dem schillernden Wasser lagen. Die Ankunft der zwei weißen Schiffsungeheuer hatte am Lande augenscheinlich eine große Aufregung hervorgerufen; wir sahen braune Leutchen unter den Palmen am Strande hin und wider laufen.

Nun wurde Tuaifaiva, ein Vertrauter Mataafas, der mit an Bord war, zu den Häuptlingen von Falealili geschickt, der *Kowana* (die samoanische Aussprache des Wortes Gouverneur) sei gekommen und wünsche morgen nachmittag am Land mit ihnen ein großes *fono* (Ratsversammlung) abzuhalten. Alle sollten zugegen sein und die wichtigen Dinge vernehmen, die er ihnen zu verkünden habe.

Zur bestimmten Stunde des nächsten Mittags ruderten wir, d. h. außer den genannten Kapitänen und Gästen die Offiziere der beiden Schiffe, eine Anzahl Matrosen und die Kapelle des »Cormoran«, zum Ufer hinüber.

Neugierig und lustig kam uns dort eine Anzahl brauner Buben und Mädchen entgegengesprungen, die sich königlich darüber amüsierten, wie wir von unsern Bootsleuten einzeln rittlings auf den Rücken genommen und von den

Booten durch das flache Wasser an den Strand geschleppt wurden. Männer zeigten sich zum Empfange nicht.

Den Neuling konnte das vielleicht befremden. Es erwies sich aber sogleich, daß dies nicht Mißachtung oder feindliche Demonstration, sondern im Gegenteil Beobachtung feinster gesellschaftlicher Form bedeutete. Wir fanden die Männer, nachdem wir uns durch das Gebüsch den Strandabhang hinaufgearbeitet hatten, alle auf dem großen Marktplatz versammelt, in ihren Hütten hockend. Es ist gute Sitte bei den Samoanern, daß man, im Gegensatz zu unserer Art, in Gegenwart einer Respektsperson zunächst sitzt, nicht aufrecht steht. Das Recht des Aufrechtstehens, d. h. den Kopf höher als die andere zu tragen, kommt dem zu, der geehrt werden soll. Trotz des ungeheuren Interesses, mit dem unser Kommen beobachtet wurde, hielten sie sich bescheiden sitzend im Hintergrund und überließen die nun folgende nähere Begrüßung einer Gruppe von Würdenträgern, die, von einem Mann mit dem Häuptlingswedel in der Hand geführt, aus einem Hause, wo sie bis dahin versammelt gesessen hatten, uns mit verbindlichem Lächeln entgegentraten.

Nachdem mit diesen allen der Händedruck ausgetauscht war, wurden wir in das *faletele*, d. h. das »große Haus«, geführt. Eine jede größere Gemeinde besitzt ein solches Dorfhaus, das für öffentliche Angelegenheiten, Ratsversammlungen und den Empfang von Gästen dient. An Größe übertrifft es meist die besseren Wohnhäuser nicht wesentlich, in der Einrichtung gleicht es ihnen vollkommen, ist aber besonders sorgfältig gebaut. Gebückt traten wir unter der niedrigen Bedachung in den mit schönen sauberen Matten belegten Raum, wählten uns jeder einen der Stützpfosten als Rückenlehne, denn die Sache konnte lange dauern, und hockten uns im Halbkreise nieder; wer es vermochte, mit gekreuzten Beinen, wem dies unmöglich war, der be-

26

deckte sich – so will es die gute Sitte – die ausgestreckten Beine mit einer der auf dem Boden liegenden Matten.

Das Faletele war im Innern im Laufe des Vormittags für uns ganz reizend geschmückt worden. Der Mittelpfeiler, der das Hausdach trägt, war mit Kränzen von bunten Blumen umwunden, vielfarbige Girlanden aus Blattwerk zierten allenthalben das Gebälk. Im Mittelgrund des Hauses, uns gegenüber, hockte eine Schar von sechs jungen, ausgesucht hübschen Mädchen; leider alle, mit Rücksicht auf die Festlichkeit der Handlung und die europäischen Gäste, über dem Lavalava in grellbunte, ärmellose Seidenblusen, den Import irgendeines findigen weißen Kaufmanns in Apia, gekleidet, das Haar mit Kränzen geschmückt. Hinter und neben ihnen nahmen die Samoaner Platz, die uns empfangen hatten. An ihrem Ende, rechts von uns, saß der Hauptsprecher des Dorfes mit dem Ehrenwedel. Zunächst ihm, auf unserer Seite, der Gouverneur Dr. Solf mit dem Dolmetscher. Dem Sprecher gegenüber, also links von uns, Mataafa in seiner weißen Jacke, ebenfalls seinen Häuptlingswedel in Händen haltend. Obwohl er der große Feind war, so erhielt er doch einen seinem alten Adel und der persönlichen Vornehmheit entsprechenden Ehrenplatz. Im Hintergrunde, teils in der Hütte, teils außerhalb, scharte sich eine Fülle von Volk, das aufmerksam den Vorgängen und den vom Dolmetscher übertragenen Reden folgte.

»Sei uns gegrüßt, Kowana,« so begann jetzt der Sprecher von Falealili, »du bist Vater und Mutter von Samoa. Schön ist für uns der Tag, der dich hierher führt. Nur bitten wir dich, nimm Rücksicht auf unsere Armut, die deinen Empfang nicht würdiger gestalten konnte. Auch deinen Freunden und Begleitern sagen wir Dank für die Ehre, die sie uns durch ihr Erscheinen antun. Trinkt jetzt die Kawa mit uns, und wenn irgendein Schatten zwischen uns schweben sollte, so wird ihn der gemeinsame Trunk fortwaschen.«

Nachdem der Gouverneur gedankt und im Gegenteil die prächtige Ausschmückung und die Feierlichkeit des Empfanges gelobt hatte, begann plötzlich jemand draußen vor dem Hause eine neue Begrüßungsrede. Eine Schar von 20 bis 30 Samoanern in weißen Jacken hatte sich dort niedergehockt, Zöglinge der Londoner Mission, die sich überall bemühen, eine Art korporative Sonderstellung einzunehmen und in solcher von den europäischen Behörden behandelt zu werden. Der Samoaner, und besonders die Samoanerin, verachtete sie; da sie nicht tätowiert sind, gelten sie gar nicht richtig als Männer; ein samoanisches Mädchen, das auf sich hält, wird sich nie mit einem Volksgenossen abgeben, der nicht die schöne dunkelblaue, von der Taille bis zu den Knien reichende Ornamentik auf seinem Körper trägt. So waren sie auch hier nicht zum Rate zugelassen, und ich hatte den Eindruck, als ob diese Rede ein willkürlicher Eingriff in das Festprogramm sei. Trotzdem aber, und obwohl der Redner sehr lange sprach, hörte man ihn ohne ein Zeichen von Ungeduld an.

Inzwischen war von den Mädchen vor uns die Kawa bereitet worden, der berühmte Ehrentrunk, der jeden gastlichen Empfang und jede feierliche Verhandlung einleitet. Das Getränk wird aus der zerkleinerten Wurzel des Kawastrauchs und Wasser hergestellt, und zwar immer frisch vor den Augen des Gastes.

Ein schönes, sehr großes Mädchen, mit einem Paar fast übermäßig üppiger Arme, hatte die niedrige, hier vielfüßige Kawaschale vor sich auf der Matte stehen, und nachdem darin die schon zerriebene Kawawurzel mit Wasser angesetzt war, reinigte sie das Getränk, indem sie mit den höchststeigenen Händen und einem Bündel Bast in der graugrünen Flüssigkeit herumfuhr und die faserigen Bestandteile heraussehte. Unter ganz bestimmten, althergebrachten, unfraglich sehr graziösen Bewegungen drückte sie wiederholt den Saft aus dem Bündel in die Schüssel zurück und schwenkte dieses dann über ihre Schulter nach hinten aus. Endlich ein rhythmisches Händeklatschen der Mädchen: Die Kawa war fertig!

Nun begann die feierliche Zeremonie des Trinkens. Jeder Gast erhielt nur einen Becher davon, und die höchste Etikette wachte über die Reihenfolge, in der das geschah. Ein Herold nannte mit lautschallendem Ruf jedesmal Namen und Titel desjenigen, der den Trunk bekam.

» *Lanafiunga le Konowa!*«, d. h. Seine Exzellenz der Gouverneur!

Eines der Mädchen erhob sich, ergriff eine schön polierte, schwarze Schale aus einer halben Kokosnuß und hielt sie über die Kawaschüssel. Mit einer eleganten Handbewegung hob die Bereiterin das Bastbündel aus der Flut und drückte es in den Becher aus. In gebückter Haltung und mit einem eigentümlichen, schönlinigen Schwung der Hand überbrachte die Mundschenkin dann den Trank dem Dr. Solf. Der Sitte entsprechend, schüttete dieser, ganz wie die alten Griechen für die Götter taten, ein wenig von dem Trank als Libation auf die Erde, rückwärts aus der Hütte heraus, und rief dann den Gruß:

» *Manuia!*«

» *Soifúa!*« tönte es im Kreise zurück. In einem Ansatz leerte er hierauf die Trinkschale und schleuderte sie mit geübtem Schwung in die Mitte der Hütte auf den Boden, so daß sie dort auf ihrer Spitze kreiselte. Hier nahm die Schenkin sie auf, ehe sie umfiel, und ließ sie über der Schüssel für den Nächsten füllen.

Den zweiten Trunk erhielt Kapitän Emsmann, den dritten Mataafa. (Kapitän Schack war, soviel ich mich erinnere, an Bord geblieben.)

Nacheinander kamen wir dann alle an die Reihe, immer unter denselben Formen. Alles ging mit ruhiger, gemessener Würde, mit feierlichen Pausen vor sich und dauerte natürlich dementsprechend lange. Auch ich erhielt meinen Kawatrank. Es bedurfte eines Entschlusses, um die trübe, graue, einem schlechten Milchkaffee etwa ähnlich sehende Flüssigkeit herunterzuschlucken. Der oft geäußerte Vergleich ihres Geschmackes mit Seifenwasser erschien mir sehr treffend. In späteren Wochen ist es mir aber wie allen Reisenden ergangen; ich gewöhnte mich rasch an das Getränk und lernte das leichte Aroma, das einem dabei in die Nase steigt, und vor allem seine außerordentlich erfrischende und durstlöschende Kraft sehr schätzen.

Als der Umtrunk endlich zu Ende war, begann ein weiterer Teil des feierlichen Empfangs, das *talolo*, d. h. die Vorführung der Gastgeschenke, die, wieder wie bei den alten Griechen, dargeboten wurden: gebratene Spanferkel. Hühner, Kokosnüsse, Körbe voll Taro, Yams und Brotfrüchte. All das wurde in Mengen vor der Hütte aufgehäuft. – Wieder verkündigte ein Herold mit weithintönender Stimme, was alles die Gemeinde von Falealili dem großen Kowana und seinen Gästen darbrächte. Alter Sitte gemäß übertrieb er dabei in lächerlicher Weise: »Fünfundzwanzig Schweine!« rief er laut, – es waren vier oder fünf. »Achtzig Hühner!«, es waren fünfzehn bis zwanzig, usw.

Nun kamen wir an die Reihe. Der Gouverneur verteilte unsere Geschenke, die hauptsächlich in Fässern des von den Samoanern ungemein geschätzten Salzfleisches bestanden. Auf ein Zeichen Kapitän Emsmanns begann währenddem unsere Kapelle draußen unter den Palmen ein lustiges Konzert. Mit dem größten Behagen hörten die musikverliebten Samoaner in und vor der Hütte zu, rauchend und leise plaudernd, während auf dem Dorfplatz die Kinder, Mädchen und Frauen sich in reizenden Gruppen um die Musikanten scharten.

Schon war die Sonne stark im Abstieg begriffen, als endlich alle Zeremonien durchgemacht waren, die nun einmal zu einem würdigen samoanischen Empfang und Fono gehören, und es konnte zu den Geschäften geschritten werden. Das Konzert schwieg auf einen Wink. Die Männer in der Hütte rückten sich zurecht. Die Gesichter wurden ernst und gespannt, denn jedermann wußte sehr wohl, um was es sich handelte.

Mataafa war es, der nach einer feierlichen Pause das Wort zuerst ergriff. Er ging sofort *in medias res*, indem er die Bevölkerung von Falealili aufforderte, sich wieder der Verwaltung von Atua unterzuordnen. Nachdem der Deutsche Kaiser den Schutz der Insel übernommen habe, solle fortan Friede herrschen, jedermann solle ruhig an seine Arbeit gehen und alles wieder so sein, wie vor den Unglücklichen Kämpfen, die Samoa verheert hätten.

Ein beredtes Schweigen antwortete darauf. Nun hielt Dr. Solf eine längere Ansprache. Zuerst lobte er das loyale Verhalten der Männer von Falealili bei der deutschen Flaggenhissung im März und sprach seine Freude über den heutigen Empfang aus. Dann fuhr er ungefähr folgendermaßen fort:

»Ich habe vernommen, daß törichte oder böswillige Menschen unter euch das Gerücht verbreitet haben, die Königin von England hätte nicht auf die Herrschaft über Samoa verzichtet, sondern nur den Deutschen Kaiser beauftragt, vorläufig in ihrem Namen das Land zu regieren, weil sie jetzt Krieg mit einem andern Volke habe, und wenn der vorüber sei, werde sie das Land wieder in Besitz nehmen. Ich hebe meine Hand auf und sage, das ist nicht wahr! Lügner sind es, die euch das gesagt haben. Der Kaiser ist nicht der Stellvertreter, sondern der wirkliche Schutzherr über Samoa.

»Sein Wille aber ist, daß fortan Friede und Ordnung in Samoa bestehe, damit die Samoaner glücklich seien. Mich hat er als Verkündiger seines Willens hieher gesendet. Ich wieder habe Mataafa eingesetzt, als *Alii sili o Samoa*.

Dieser ist der Kanal, durch den ich euch meine Befehle zufließen lasse. Wer ihm nicht gehorcht, der gehorcht auch mir nicht und nicht dem Kaiser. Ich habe nun beschlossen und Mataafa hat es euch gesagt, daß Falealili wieder zu Atua zurückgehen solle, wozu es in alten Zeiten gehört hat; gehorcht diesem Befehl.«

In der höflichsten, aber eindringlichsten Form versicherte jetzt der Sprecher von Falealili seine und seiner Leute strenge Loyalität: sie würden alle Befehle gern befolgen, nur *das* solle man nicht von ihnen verlangen.

Es erfolgte eine stundenlange Debatte. Interessant war es dabei, das Verhalten der Zuhörer zu beobachten. Höchste Spannung lag auf ihren Zügen, die dunklen Augen blitzten, auch die Außenstehenden drängten sich näher an die Hütte. Prachtvolle Gestalten: schlanke Jünglinge, im Goldbronzeton ihrer Haut wie lebendige Statuen aussehend; herrliche Männer, denen man die erprobten Krieger der letzten Kämpfe wohl ansah und die mit dankbaren und zustimmenden Blicken den Worten des alten Mannes folgten.

Endlich beschloß der Gouverneur, die Versammlung aufzuheben. «Laß uns ein Ende machen,« sagte er zu dem Sprecher, »die Sonne geht unter, und die Flut ruft uns zu unsern Schiffen zurück. Was heute von Männern gesprochen wurde, soll unsere freundschaftlichen Gesinnungen nicht stören. Meinen Willen wißt ihr jetzt. Ihr werdet euch mit euren Freunden und Genossen weiter beraten und schließlich erkennen, daß es das beste ist, meinen Wünschen zu folgen; denn ich bestehe darauf.«.

Ich will hier hinzufügen, daß die Samoaner von Falealili zuletzt doch nicht zu der verlangten Wiedervereinigung mit Atua zu bringen gewesen sind. Der Gouverneur fand, wie er mir ein Jahr später in Deutschland erzählte, schließlich den Ausweg, aus dem volkreichen Gebiet von Falealili einen eigenen, von Atua wie Tuamasanga unabhängigen, Verwaltungsbezirk zu schaffen.

Rotgolden brach das Feuer der sinkenden Sonne durch die Palmenwipfel, als wir, von der ganzen Volksmenge begleitet, zum Strand hinunterschritten. In geradezu klassischer Linienschönheit schwang sich vor uns das weiche Gestade, ein Fluß rauschte dort zwischen dunklen Felsblöcken ins Meer und Baumstämme lagen als Brücke von einem Ufer zum andern darüber. Reizende Gruppen von buntgekleideten Frauen, schlanken, blumengeschmückten Mädchen, nackten, braunen Kindern weilten überall am Strande und belebten das entzückende Bild so wunderbar, als hätte sie ein genialer Künstler hineinkomponiert. Jubelnd und lachend schlossen sie sich jetzt den übrigen an, mit den bloßen Füßen noch im Wasser unsere Boote umringend, und das freundliche Händeschütteln und das » *tofá, tofá*« (Lebewohl) wollte gar kein Ende nehmen.

Mir aber war es die ganze Zeit gewesen, als sei ich um Jahrtausende zurückversetzt in eine Welt, wie sie wohl an den Ufern der Ägäis zu den Zeiten Homers geblüht hat.

5. Samoanische Mädchen

Am Abend des Tages von Falealili saß ich nach Tisch noch lesend unter den Lampen oben auf der »Hütte«, dem Kapitänsdeck des »Cormoran«. Plötzlich horchte ich auf! Deutlich kamen die zarten Töne eines fernen Gesanges über das Wasser herüber. Ich eilte zur Reling und spähte hinaus in die Nacht, die dunkel über dem Meere lag. Gegen den sternklaren Himmel zeichnete sich in der Ferne der schwarze Schattenriß der hohen Bergmasse Upolus ab; auf der dunklen, völlig nächtigen Flut davor konnte ich nichts gewahren; nur eine laue Landbrise strich sanft von der Küste herüber und trug die Klänge stärker und stärker heran. Es war die fremdartig reizende Melodie eines jener Schiffergesänge, mit denen die Samoaner jede Ruderfahrt begleiten, und in deren immer neuer Erfindung das Völkchen unerschöpflich ist. Eine Stimme pflegt den Hauptgesang zu führen, die andern fallen im Rudertakt mit rhythmisch moduliertem Chorgesang dazu ein. Die, meist dreistimmigen, Harmonien klingen oft wie Glockenläuten über die See. Hier unterschied ich deutlich helle Mädchenstimmen über dunkleren männlichen Tönen. Jetzt drang sogar auch, vom Wind herbeigetragen, ein merklicher süß aromatischer Blumenduft herüber, wie er von den Blumenkränzen und Pandanusfruchtketten der Samoanerinnen ausgeht. Noch immer aber sah ich die Nahenden selber nicht. Endlich glitt aus dem Schatten der Küste in den Lichtkreis unseres Schiffes eine Reihe von schmalen samoanischen Auslegerkanus hinein, mit Insassen gefüllt, die unter taktmäßigem Gesang auf unsere Fallreeptreppe zuruderten. Sie legten an, und leichten Fußes entstieg ihnen eine Schar brauner Mädchen, junger Männer und Knaben, von einigen älteren Frauen begleitet. Ohne Hast kamen sie die Treppe hinauf und betraten das Verdeck. Unbefangen, als müßte das sein, boten sie mit gefälligem Anstand ihren Händedruck und das melodische » talófa«. Guten Tag, dessen

Wortsinn eigentlich ist: »Ich liebe dich.« Sie seien auf Veranlassung ihrer Väter, der Häuptlinge von Falealili, gekommen, sagten sie, um uns mit der Aufführung eines *siwa*, des samoanischen Nationaltanzes, zu unterhalten.

Die Mädchen waren ganz in ihre einheimische Tracht gekleidet, d. h. nur die schlanken Hüften waren mit dem bunten Lavalava verhüllt, der schöne bronzene Oberkörper war nackt, jedoch über und über mit Blumenketten behängt. Die Samoanerin trägt sehr wenig Schmuck, dafür aber immer frische Blumen oder aufgereihte Früchte, leuchtend an Farbe und gern auch stark an Geruch. Selten sieht man ein Haupt ohne den grünen oder bunten Kranz und einen Hals ohne wenigstens eine Girlande oder ein paar Schnüre roter Beeren. In Festtracht wie hier umwinden sie auch die Oberarme, die Hüften mit Blumen, ja sie kleben sich auch noch bunte Blumenblättchen auf die Backen oder an die Mundwinkel. Sicherlich trägt gerade diese Art von Tracht und Schmuck viel dazu bei, den Samoanerinnen jenen Hauch von Poesie zu geben, der sie so reizend macht. In europäische Kleider gesteckt, verlieren sie außerordentlich. Ihre schönen Arme, die feinen Handgelenke mit ihren im Siwatanz geübten eleganten Bewegungen, die freie, natürliche Haltung des Körpers, die liebenswürdigen Augen, das volle, schön und wechselvoll geordnete Haar, der ganze naive Anstand ihres Wesens, all das entfaltet seinen vollen Reiz, wie jede natürliche Blume auch, doch nur in ihrer natürlichen Form und Umgebung.

Die Frau nimmt bei den Samoanern eine sehr viel andere Stellung ein als in der Regel bei Naturvölkern. Durchaus ist sie nicht die Sklavin oder das Arbeitstier des Mannes. Das Maß von Arbeit, mit dem die Samoaner auskommen, ist überhaupt sehr gering, und alle schweren Hantierungen darunter übernimmt der Mann, selbst das Kochen. Die Frau verfertigt feinere Handarbeiten, flicht Matten, Körbe, Fächer und, solange sie jung und schön ist, schmückt sie sich vor allen Dingen, lacht, singt und tanzt. Wie oft habe ich bei den weiten Ruderreisen der Samoaner gesehen, daß die Frauen niemals mit Hand dabei anlegen; sie sitzen, mit Blumenkränzen im Haar, vorn im Schiff und singen Lieder zum Takt der rudernden Männer. Der für Schönheit und Anmut ungemein empfängliche Samoaner scheint in der Frau in erster Linie den Schmuck seines Daseins zu erblicken. Aber nicht etwa im Sinne des Mohammedaners, der seine Haremsodaliske als den willenlosen, im Grunde verachteten Gegenstand seines Behagens betrachtet, sondern die Frau hat eine sehr freie, selbständige Stellung. An den öffentlichen Geschäften nimmt sie nicht teil, aber eine deutlich erkennbare Ritterlichkeit der Männer gegen sie, die ganz der unserer guten Gesellschaft ähnlich ist, tritt bei vielen Gelegenheiten hervor.

Eine bezeichnende Sitte ist die, daß jedes größere Dorf sich eine *taupo*, eine Ehrenjungfrau erwählt: eine Häuptlingstochter, die gleichsam die gesellschaftliche Vertreterin des Dorfes ist, bei feierlichen Gelegenheiten den Ehrentrunk, die Kawa, bereitet und bei großen Tanzaufführungen die Vortänzerin abgibt. Kommt ein hochstehender Gast, so empfängt sie ihn, bewirtet ihn im *faletele*, dem Gemeindehaus, unterhält ihn, massiert ihm wohl auch den Kopf, bereitet ihm abends das Lager und schläft die Nacht an seiner Seite. Irrig aber wäre es, diese letztere Handlung anders als rein symbolisch aufzufassen; ein paar ältere Anstandsdamen wachen sorgfältig darüber, daß die Tugend der Taupo unangetastet bleibt, bis sie die Frau irgendeines hohen Häuptlings wird. Diese vornehme Stellung, diese stete Gewohnheit, mit den festgeregelten Formen samoanischer guter Sitte die Gemeinschaft zu vertreten, gibt den Taupos oft eine eigentümlich sichere, stolze Haltung, die an die einer gefeierten Ballkönigin bei uns erinnert.

In Falealili gab es augenblicklich keine Taupo. Wohl aber wurde uns in der Schar der Besucherinnen das kleine Fräulein Tulua gezeigt, die in den nächsten Tagen dazu erwählt werden sollte.

Wir geleiteten nun unsere Gäste auf die »Hütte«. Hier ließ Kapitän Emsmann sämtliche elektrische Lampen anzünden. In einem Halbrund nahmen wir, d. h. die Gäste des Kapitäns und die Offiziere des »Cormoran«, auf Stühlen Platz: vor uns ließen sich die Samoaner in mehreren Reihen auf dem Boden nieder. In der ersten Reihe die jungen, mit Blumenketten geschmückten Mädchen, in der zweiten und dritten die älteren Frauen und Knaben und Männer. Dahinter baute sich die gesamte Mannschaft des »Cormoran« auf, die der Kapitän auf die Hütte beordert hatte, um auch seinen Leuten das Schauspiel zu gönnen.

Und nun sah ich zum ersten Male einen der Siwatänze mit an, auf die ich durch Schilderungen früherer Samoareisen schon so gespannt war. Ich habe später noch verschiedene Siwas gesehen, bedaure aber nur, daß es nicht noch viel mehr gewesen sind; die lebendige Musik, die dazu gehört, die Grazie der Bewegungen, der Reichtum eigenartiger Abwandlungen und der immer neue Reiz jugendlicher Mädchenanmut, die sich dabei entfaltet, dies alles im Lande selbst gesehen, übt einen ganz unvergeßlichen Zauber aus.

Der Siwa begann im Sitzen und zunächst ohne Gesang, nur mit einer rhythmischen Begleitung, ausgeführt durch die hinteren Reihen mittels Händeklatschen und einer Art Trommelgeräusch auf einem Mattenbündel, das mit einem Stäbchen geschlagen wurde. Die hockenden Tänzerinnen machten dabei mit ihren Armen und dem Oberkörper taktmäßige Bewegungen, die wie Freiübungen aussahen, nur daß sie außerordentlich graziös waren. Bei der nächsten Tour, die durch eine kleine Pause deutlich gemacht wurde, trat dann ein mehrstimmiger, eigentümlich melodischer Gesang hinzu.

Die ersten Touren waren ziemlich gemessen und langsam: allmählich jedoch wurden die Rhythmen immer schneller und lebhafter, die Oberkörper bewegten sich rascher und rascher, die Mädchen begannen sich auf den untergeschlagenen Beinen zu wiegen, neigten sich hierhin und dorthin; immer aber klappten Rhythmus der Musik und die anmutigen Bewegungen aufs genaueste; in einem so glänzenden Drill, daß wir nach jeder Tour in ein lautes » malíe«, den Bravoruf der Samoaner, ausbrachen.

Dies entzündete die Musiker und Tänzerinnen zu immer lebhafterem Feuer. Die Mädchen erhoben sich jetzt auf den Knien und tanzten in dieser Haltung. Dann stand die mittelste und schönste von ihnen, Ololima, ein schlankes, sanftäugiges Mädchen, vollends auf und führte stehend und vor- und rückwärts schreitend überaus reizende Tanzbewegungen aus, lebhaft, aber doch ohne jede Gewaltsamkeit. Eine zweite Partnerin folgte ihr nach einiger Zeit; ein jüngeres Ding mit ungemein beweglichem Körper, kurzgeschnittenem, rotem Pudelkopf und bubenhaft drolligen Gesichtszügen. Sie war die Komikerin der Gesellschaft, schnitt lächerliche Gesichter und drehte ihren noch backfischhaft jugendlichen Körper so parodistisch, daß wir laut lachen mußten. Eine dritte und vierte gesellten sich dazu. Endlich standen alle, und nun begannen sie, immer zu rhythmischer Musik, jene reizenden pantomimischen Szenen aufzuführen, die, so einfach und harmlos ihr Inhalt ist, doch durch ihren naiven Humor und durch die Gewandtheit, mit der sie immer wieder dem Tanzrhythmus sich anpassen, das größte Vergnügen machen. Und man versteht sie, namentlich wenn ein Kenner dabei ist und einem ein wenig nachhilft, aus der treffenden Gebärdensprache leicht. Da kommt der Wanderer ins Dorf, wird von kläffenden Kunden angebellt und fürchtet sich in lächerlicher Weise.

Da wird ein Fischzug veranstaltet: zwei Mädchen werfen symbolisch ein Netz aus, eine dritte lockt den Fisch, eine vierte tritt, mit geblähten Backen pustend, als Sturmwind auf, der den Fischfang zeitweilig stört; schließlich aber geht die Beute doch ins Garn. Da werden Schildkröten gejagt; die Darstellerinnen kriechen wackelnd auf dem Boden herum und werden dann, wie man es mit den Schildkröten macht, auf den Rücken gewälzt, wo sie hilflos zappeln. Da spielen Hahn und Henne miteinander; sie, mit einem langen Palmblatt, das als Schweif hinten angebunden ist, kokettiert mit ihrem Partner, der in diesem Fall durch einen Mann dargestellt wird, lockt ihn und entweicht ihm wieder. Welche von diesen Szenen ich gerade an diesem Abend gesehen habe, welche später anderswo, weiß ich nicht mehr zu sagen; unvergeßlich aber wird mir das reizende Gesamtbild bleiben, diese bunte, liebenswürdige Kinderschar unter den elektrischen Lampen des »Cormoran« in der lauen, tropischen Nacht der samoanischen Küste.

Nachdem der Siwa endlich unter lautem Beifall sein Ende erreicht hatte, ließ Kapitän Emsmann durch einen Dolmetsch den Darstellern unsern Dank aussprechen und dann Geschenke unter sie verteilen. Sie erregten das Entzücken der Empfänger. Ganz wie der samoanische Herold am Mittag desselben Tages bei Darbietung der Gastgeschenke in Falealili, ließ der Kapitän dabei die Anzahl der Gegenstände mit ungeheuerlichen Übertreibungen ausrufen:

»Hier 10 000 Pfund Salzfleisch (es waren ein paar Büchsen) für die Männer: hier 20 000 Ellen purpurrote Lavalavas (es waren einige Dutzend bunter Taschentücher) für die Mädchen, hier 50 Beile (es war genau ein einziges), hier Tausende von Stangen Tabak.« Fröhliches Gelächter begleitete jedesmal aufs neue diesen Scherz.

Hierauf hielt der älteste der Männer eine Dankrede. Er ließ darin durchblicken, es wäre auch eine berühmte Sängerin unter den Mädchen; wenn es uns Vergnügen mache, würde sie uns etwas vortragen. Natürlich ließen wir uns das nicht zweimal sagen und forderten sie durch eifrigen Zuruf zum Singen auf. Das Mädchen, es war niemand anders als Fräulein Tulua, sträubte sich auch nicht im geringsten; wie eine verwöhnte junge Dame, die ihres Erfolges in der Gesellschaft vollkommen sicher ist, setzte sie sich auf einen Stuhl und sang nun mit angenehmer, klarer, gar nicht näselnder Stimme, unter leiser, harmonischer Begleitung der übrigen, ein hübsches samoanisches Liedchen: Tofá mai feléngi, das damals in Samoa der Schlager der Saison war. *Tofá mai feléngi* heißt: Lebewohl, mein Freund; der Text war ein Wechselgesang zwischen einem weißen Mann, der von Samoa fortgeht, und einem braunen Mädchen, das er zurückläßt. In einfachen aber rührenden Worten klagt die Geliebte, das große Schiff sei nun gekommen, das ihn fortführe nach Amerika; sie wisse, daß er gehen müsse, aber es breche ihr doch das Herz. Er klagt ebenso und bittet sie und das geliebte Samoa, ihn nie zu vergessen.

Angefeuert von unserm rauschenden Beifall gab die Sängerin noch ein zweites Lied zum besten, und mit Verblüffung hörte ich nun die Melodie des italienischen Gassenhauers »Margherita, Mädchen ohnegleichen«; nur mit samoanischen Worten gesungen, und das Mädchen ohnegleichen hieß hier Annemarie, oder wie die Samoanerin den Namen für ihre Zunge zurechtmachen muß, »Annemalili«.

Spät war es schon in der Nacht, als die lustige Gesellschaft endlich sich zum Aufbruch anschickte, und wundervoll war es wiederum, welche Form sie auch dafür zu finden wußte. Ololima, die schöne Vortänzerin, trat lächelnd auf den Gouverneur Dr. Solf zu, nahm die reichste ihrer starkduftenden Blumenketten von ihrem Nacken und legte sie ihm um den Hals. Das gleiche taten die übrigen Mädchen mit Kapitän Emsmann und uns andern. Unter freundlichen Händedrücken, vielen *»tofá«* (Lebewohl) und *»taafetái«* (schönen Dank), unter Scherzen und Lachen wurde dann Abschied genommen; die ganze Gesellschaft klomm wieder die Fallreeptreppe hinunter in die dort harrenden Kanus, die Ruder setzten ein, und eins nach dem andern der Schiffchen mit den jungen, fröhlichen Menschenkindern glitt wieder aus dem Bannkreis unserer Lichter hinaus in die dunkle Nacht.

Lange standen wir noch an der Reling und lauschten in die Ferne, aus der es, leise verhallend, noch einmal herübertönte: » *Tofá mai feléngi.*«

6. Das Land im Himmel

Der Zug hat unweit Kansas-City auf langer Eisenbahn-
brücke den Missouri gequert und rollt nun über die ungeheuren, flachgewellten Ebenen, die ganz langsam, für das
Auge unmerklich, gegen den Fuß der Felsengebirge an-
steigen. Weit zerstreut liegen einzelne Farmen, umgeben
von kleinen Wäldchen im ersten Frühlingsgrün und rot-
blühenden Mandelbäumen. Zwischen ihnen dehnen sich,
quadratmeilenweit ununterbrochen, Stoppelfelder von Mais
und Korn, Spuren eines üppigen Fruchtsegens vom vorigen
Jahr. Wo die Erde frisch umgepflügt ist, in unabsehbar langen Furchen von einer Regelmäßigkeit, wie sie nur der
Dampfpflug herstellen kann, glänzt sie dunkelschwar-
zbraun, schwer und fett, neuen Reichtum im kommenden
Sommer verheißend.

Das sind die Strecken der ehemaligen Prärien, die der
Unternehmungsgeist des amerikanischen Volkes dem Anbau bereits gewonnen hat.

Langsam jedoch ändert sich das Landschaftsbild, je weiter wir gen Westen kommen. Spärlicher und spärlicher wird
ja hier der Niederschlag: nur noch an den Rändern der
Flußläufe, die, von dem Schnee der seinen Gebirge genährt,
als einsame Wasserfällen durch die Ebenen ziehen, ist ein
Anbau möglich: die Flächenkultur hört auf, die Bebauung
in einzelnen Oasenstreifen tritt an ihre Stelle. Dazwischen
breitet sich, unbesiegt bis heute, die alte Prärie. Flach, unabsehbar wie ein Meer, dehnt sie sich jetzt um uns, mit
grauer Oberfläche, bis zum kreisrund geschlossenen Horizont. Noch haben die Frühsommerregen sie nicht mit dem
Zauber ihres Gras- und Blumenteppichs geschmückt; ku-
gelige, einzeln stehende Büschel verdorrten Grases,
Wacholdersträucher und Kletten überziehen den dürren
Boden. Die Grenzenlosigkeit des Blickes aber gibt der
Landschaft etwas Ernstes, Großes. Wie ein einsames Schiff

gleitet unser Zug mit seiner kleinen fremden Welt voll moderner Bequemlichkeit über die ungeheure Fläche dahin. Die Sonne, die heut früh am Missouri hinter uns im Osten aufstieg, sinkt vor uns im Westen unter den glatten Himmelsrand, ohne daß sich ein Ende der Prärie ankündigt.

Auch der nächste Morgen findet uns noch auf der Prärie, aber nahe dem Randabfall des großen Hochlands. Lang hingezogene niedrige Bergwälle liegen am Horizont, von der wieder um den Erdball herumgewanderten östlichen Sonne rosig angehaucht; auf einigen ferneren, kegelförmigen Bergspitzen schimmert Schnee in blendendem Weiß. In einer weithin sichtbaren Paßeinsattelung, einer derjenigen, über die in früheren Jahrzehnten die langsamen Karawanen der Squatters in monatelanger, mühevoller Wanderung zum »fernen Westen« zogen, nimmt unser Zug seinen Aufstieg zu den großen Plateaus. Zwei Riesenmaschinen schleppen keuchend den Wagenzug die Schlangenwindungen des Schienenweges hinan, so langsam, daß man daneben hergehen könnte, stundenlang. Malerische Felsbildungen zur Seite; dann ein Tunnel, und die Höhe ist gewonnen.

Für mehr als tausend Kilometer, auf einer Strecke wie durch ganz Deutschland, werden mir nun auf Hochflächen dahingleiten, die nirgends unter tausend, vielfach aber über zweitausend Meter hoch sind, durch die Gebiete von Neu-Mexiko und Arizona. » The land in the sky«, das »Land im Himmel«, nennt der Amerikaner diese Gegend. Nicht etwa wegen ihrer paradiesischen Üppigkeit; denn öder noch und dürrer als die Prärien, eine oft jahrelang unter furchtbarem Wassermangel leidende Hochwüste ist sie. Tagereisen weit nur mit niedrigen Salbeisträuchern, Wacholder oder Zwergzedern bestanden, die so dünn gestellt sind, daß sie den nackten Boden nur wie die Tupfen auf einem Leopardenfell sprenkeln; ungeheure Fichtenwälder wechseln in den höheren Teilen damit ab. Er meint es wegen der Nähe des Himmels, in den das Land gleichsam selbst hineinragt.

Seltsam, fremdartig sind die Formen der Landschaft. Wir weilen auf ungeheuren Plateaus, gebildet von wagerecht lagernden Felsschichten, deren oberste im Lauf der Jahrmillionen von den atmosphärischen Einflüssen ungleichmäßig abgetragen sind und ihre Reste überall in Form von Felsstufen oder Inselbergen haben stehen lassen. Senkrechte, oben horizontal abgeschnittene Bergwände dehnen sich unabsehbar dahin, einzelne, kastellförmige Kuppen mit jähen Steilwänden sind nah und fern verstreut. In ungeheure Weiten fliegt zwischen und über ihnen in der reinen Atmosphäre der Blick hinaus. Hier und da erhebt sich ein in seiner Bildung von diesen rechtwinkligen Terrassenformen abweichendes Berghaupt in jäher Kegelgestalt hoch über die Ebene empor. Das sind dann Vulkandome, deren Gesteine einst in Feuergluten aus der geborstenen Erdschale emporgequollen sind und das Land mit Strömen schwärzlicher Lava überzogen haben. Jetzt ragen sie still und schweigend in den Äther. Heut, in diesen Frühlingswochen, noch von unten bis zu ihren dämmernden Spitzen in ein kristallreines Schneegewand gekleidet, das mit köstlicher Zartheit in der lichten Bläue des Himmels schwebt.

Wer dieses Land mit seinen zahllosen, aus weiten Ebenen aufsteigenden Mesas sieht – mesa, d. i. Tisch, bedeutet im Mexikanischen einen einzelnstehenden Tafelberg –, erkennt sofort, daß es die gegebene Gegend für Bergfestungen sein muß. Und wirklich hat die indianische Urbevölkerung diese Form der Siedelung und Sicherung ihres Daseins hier schon lange vor Ankunft der Europäer entwickelt. Noch heute sind zahlreiche dieser kastellartigen Felsgebilde von Eingeborenen indianischer Rasse bewohnt.

Es gibt zwei Arten von Indianern in diesen Gegenden, die seit alters eine getrennte Lebensweise führen. Die einen sind Jägerstämme, wie die Apachen und Comanchen, die ehedem unbedrückt in wilder Freiheit, ohne festen Wohnsitz, zu Jagd, Raub und Krieg über das Land umherschweiften. Solche Gewohnheiten konnte eine vorschreitende Kultur nicht mehr dulden. Sie wurden daher von den Truppen der Vereinigten Staaten, oft in blutigen Kämpfen, allmählich versprengt oder in kümmerlichen »Reservationen« zusammengetrieben. Die Apachen hier erst vor kurzer Zeit. Diese Art von Indianern ist unweigerlich bestimmt, zugrunde zu gehen; nur einem ganz kleinen Teil von ihnen gelingt es, zu einem ansässigen Leben sich umzuformen.

Daneben gab es aber von je eine zweite Gruppe von Indianern, die seit alter Zeit Körner- und Obstbau getrieben und feste Dörfer und Städte gebaut haben. Die Nachbarschaft ihrer räuberischen Vettern ließ sie von selbst dazu kommen, für ihre Ansiedlungen jene natürlichen Felsenfestungen zu wählen. Man nennt im Lande solche, auf steilwandigen Felsbergen liegenden Indianer-Ortschaften mit dem spanischen Namen »Pueblos« (*pueblo* == Dorf) und faßt die in ihnen lebende Bevölkerung als »Pueblo-Indianer« zusammen. Sie selbst belegen sich mit verschiedenen Stammesnamen: Navaho, Hopi (fälschlich auch Moki genannt) u. a. Ihre Anstellungen sind meist höchst eigentümlich angelegt; so, daß die ganze Ortschaft ein einziges Gebäude bildet, in dem die einzelnen, Wand an Wand liegenden Wohnungen gemeinsame Dächer haben und terrassenförmig übereinander aufsteigen. Nach einer Seite, wohl der Hauptwindrichtung zu, pflegt die Ortschaft eine geschlossene Wand zu zeigen. Sie sind also ganz ähnlich gestaltet wie zahlreiche Ansiedlungen in dem kalten und windigen Hochland von Tibet. Man betritt auch die Häuser nicht durch Türen zu ebener Erde, sondern vom Dache aus, auf das man mittels einer Leiter hinaufsteigt. Hühner und Hunde sieht man ebenso wie die Menschen munter die Leiter auf- und abklettern. Auf den Dächern kann man die ganze Ortschaft durchwandern. Im Fall eines feindlichen Angriffes werden die Leitern heraufgezogen, und so wird die schon auf steilen Felsen liegende Stadt noch mehr zu einer Festung umgeschaffen. In diesen Pueblos lebt die alte indi-

anische Bevölkerung friedfertig und in einer ganz beacht-
enswerten Kultur dahin, die seit vielen Jahrhunderten fast
unverändert zu sein scheint. Die Männer bebauen ihre Felder am Fuß des Felsens, die Frauen machen geschickte Töp-
fereien und weben buntgefärbte Decken von vorzüglicher
Beschaffenheit, die an den Eisenbahnstationen mit fünfzig
Dollar und mehr bezahlt werden. Wer von den Weißen als
Gast zu ihnen kommt, wird freundlich, mit ruhiger Würde,
in ihren sauberen Wohnungen aufgenommen und erhält unschwer Gelegenheit, die Fülle eigenartiger Sitten kennen-
zulernen, die sie sich erhalten haben. Am merkwürdigsten
darunter ist der Schlangentanz, eine religiöse Vorstellung,
die alle zwei Jahre einmal in jeder Ortschaft unter großen
Feierlichkeiten aufgeführt wird und zu den nervenerregend-
sten Schauspielen gehören soll, die man sehen kann.
Priester und Gaukler in bizarrem Festschmuck arbeiten
dabei unter aufregenden Gesängen mit Massen von lebendigen, frischgefangenen, ihrer Giftzähne nicht beraubten
Klapperschlangen in einer Weise, daß dem weißen
Zuschauer das Blut in den Adern stockt. –

Ich verließ den Zug in Williams, einer etwa fünfzehn
Jahre alten Minenstadt in zweitausend Meter Meereshöhe,
die jetzt gegen zweitausend Einwohner zählt. Von hier aus,
so hatte ich gehört, sei seit Beginn des Jahres eine Klein-
bahn nach den soeben in Erschließung begriffenen Kupfer-
minen in den Wäldern des Nordens in Betrieb, die schon
gegenwärtig bis auf zweiunddreißig Kilometer sich dem
Rande des großen Colorado-Cañons nähere. Von ihrem
derzeitigen Endpunkte aus habe man dann Gelegenheit,
mittels einer *stage*, einer Art Omnibuswagen, zu dem unmittelbar am Cañon errichteten » *Bright Angel Hotel*«, d. h.
dem »Gasthof zum strahlenden Engel«, zu kommen.

In der Nacht – ich fand im Hotel Hayward ein unerwartet
sauberes und angenehmes Unterkommen – sauste ein
wilder, noch ganz winterlicher Sturm über die Dächer, der

Hagel prasselte gegen die Scheiben, und glucksend rann das Regenwasser vom Dach. Am andern Morgen war daher der Zustand der städtischen Straßen ungeheuerlich; knietiefer, schwarzer Schmutz machte sie einfach unpassierbar, einzig die Bretterstege längs der Häuser ermöglichten einen Verkehr zu Fuß.

Ein vierspänniger Wagen – zwei Pferde hätten es in dem Morast nicht fertiggebracht – führte mich vom Hotel zu dem eine Viertelstunde von der Stadt gelegenen kleinen Bahnhof der neuen Linie. Während unten das schlammige Pfützenwasser um die Räder der Karosse spritzte und zu den Löchern des Fußbodens hereindrang, fiel vom Himmel großflockiger, halbgeschmolzener Schnee, und durch die schlecht aus Brettern zusammengenagelte Decke rann auch von oben die Feuchtigkeit stromweise auf mich herunter. Ich war mit der wissenschaftlichen Kenntnis hierhergekommen, daß die Hauptschwierigkeit für die Entwicklung Arizonas sein großer Wassermangel sei, aber ich habe wirklich nie eine nassere Gegend gesehen als diese.

Der aus einem einzigen Wagen und der Maschine bestehende Kleinbahnzug war angefüllt mit jungen Burschen, Eisenbahnern und Minern. Ein großer Mann in nachlässiger Haltung, den Hut im Nacken, sammelte mit einer Hand – die andere hatte er in der Hosentasche – die Tickets ein, ein anderer heizte in derselben Weise einen qualmenden eisernen Ofen, und wir setzten uns in Bewegung.

Zwei Stunden lang lief der Zug durch eine unsagbar öde, nur mit vulkanischem Geröll und verdorrten Salbeibüscheln überstreute Gegend.

Endlich hielten wir auf freiem Felde am Rande eines Waldes, wo die Bahn vorläufig zu Ende war. Einige Haufen Eisenbahnschwellen und Schienen waren aufgeschichtet, ein paar Zelte für die Bahnarbeiter standen daneben; eins war Küche und Speiseraum, in dem ein vergnügt schmunzelnder Chinese mit Töpfen und Pfannen hantierte. Zur Seite in einem Gehege standen an Trögen etwa acht bis zehn Pferde, Tag und Nacht jedem Wind und Wetter preisgegeben, die Gespanne für die Stages.

Während der Regen ruhig weiter vom Himmel fiel, wurden für mich zwei Gäule vor einen kleinen, dünnrädrigen, federlosen Planwagen gespannt, meine Sachen hinaufgebracht, ich selbst nahm Platz, den kümmerlichen Kragen meines leichten Sommerüberziehers hochgeklappt; ein weißblondes, schweigsames Individuum mit ungeheurem Schlapphut ergriff die Zügel, und wir rollten in den naßkalten Sand hinein. Je tiefer die Sonne sank, um so empfindlicher wurde die Kälte auf der Hochfläche, deren Höhenlage ja diejenige der Schneekoppe um mehrere hundert Meter übertrifft. Der Weg über Wurzeln und Felsbrocken war fürchterlich. Aber trotz alledem war die Fahrt an Eindrücken so reich, daß ich von all diesen Unbilden wenig empfand.

Hier war ich nun in einem Gebiet, wo die ersten Vorposten der Kultur soeben erst in die Wildnis eindrangen. Anzeichen erster menschlicher Tätigkeit waren überall im Urwalde zu sehen. Anfangs kreuzten wir mehrmals die Strecke der geplanten Bahn, auf der schon einige Meilen voraus die Bäume weggeschlagen und Arbeiter beschäftigt waren, den Damm aufzuschütten. Weiterhin hörte das auf, aber es zeigten sich doch noch vielfach die Spuren der Miner in Gestalt kleiner Steinhalden und der Löcher im Felsboden, wo geschürft worden war. Gelegentlich trafen mir auch ein Blockhaus, aus großen, lehmverklebten Baumstämmen gefügt, oder eine rasch geschaffene Waldschmiede unter einem von Ästen gestützten Reisigdach, mit urtümlichem Blasebalg. Ja sogar Briefkästen fanden wir zweimal am Wege. Das heißt, einfache viereckige Holzkisten, an einen Baum genagelt, an deren einer Seitenwand die obere Hälfte offen war. Mein Kutscher griff in den Kasten, entnahm ein paar Briefe, legte sie unter seinen Wagensitz und tat ein paar andere hinein. Die Miner kommen im Laufe des Tages je nach Gelegenheit vorbei, holen sich ihre Briefschaften selber heraus oder legen solche ein.

Drei Stunden war ich gefahren, die Sonne war am Untergang, als plötzlich unter den dämmernden Bäumen ein paar weiße Zelte sichtbar wurden: daneben ein kleines dunkles Blockhaus und ein Gatter mit Pferden – wir waren an dem »Hotel« mit dem strahlenden Namen angelangt. Ein kleiner Mann kam uns entgegen, um uns als der Wirt zu begrüßen. Kaum hatte er aber mein erstes Wort Englisch gehört, als er mir auf Deutsch, mit dem schönsten Leipziger Akzent, entgegnete:

»Ei scheenen guten Abend, seien Sie willkommen!«

Es war ein vielgewanderter Sachse, der hierher verschlagen war und an dieser Stelle im Dienst der Eisenbahngesellschaft eine große Herberge einrichten sollte. Vorläufig bestand es noch aus einem alten Blockhaus und einigen Zelten. Reichlich durchfroren betrat ich mit dem Wirt das Gebäude.

Bisher hatte ich zu meinem Erstaunen noch nicht das geringste Anzeichen der Nähe des großen Colorado-Cañons gespürt. Jetzt schritt ich nun, von hinten in das Blockhaus eingetreten, einen Augenblick zu seiner Vordertür hinaus, um mich umzuschauen, und – prallte jäh zurück! Nicht zwanzig Schritt vom Hause tat sich unvermittelt der ungeheure Abgrund auf. Stockenden Pulses stand ich vor dem düster-grandiosen Bilde, dessen Einzelheiten bereits in einer mystischen Dämmerung verschwammen. – –

Nach einigen Minuten riß ich mich für heute von dem in Nacht versinkenden Riesenschlunde los und wandte mich der kleinen, an seinem Rande klebenden Menschenwohnung zu. Im Gastraum des Blockhauses loderte ein mit gewaltigen Holzkloben genährtes Kaminfeuer, und ich genoß jetzt zunächst das unsägliche Behagen, vor ihm im bequemen Stuhl die erstarrten Glieder mit belebender Wärme durchrieseln zu lassen. Außer dem Wirt und mir sind noch ein paar Gäste hier. Ein älterer Herr, eine bemerkenswerte Erscheinung mit weißem Haar und sein und kühn geschnittener Nase, der fast die ganze Welt gesehen hat und fesselnd darüber zu plaudern weiß. Er war schon im Cañon und gibt mir gute Ratschläge für seinen Besuch. Auch der Wirt erzählt trefflich von Land und Leuten dieser Wildnis. Ferner ein junger, blasser Mensch in bescheidener städtischer Kleidung, mit überarbeitetem Gesicht, ein Schullehrer aus einer Stadt des Ostens, der seine Ferien und seine kleinen Ersparnisse zu einem langersehnten Besuch des Cañons benutzt. Er will morgen mit mir zusammen in den Cañon hinab. Flackernd spielen die Lichter des Feuers über uns und tanzen auf den rohen Balken der Wände; das Gespräch wandelt dahin über die Dinge, die hier uns alle interessieren: über die Pueblo-Indianer und ihre seltsamen Sitten; über die Mesa encantada, den »verzauberten Berg«, einen der wunderlichsten jener Inselberge, dessen senkrechte Wände bis vor kurzem für unersteiglich galten, auf dessen Höhe die ersten Besucher aber doch merkwürdige Spuren von Bewohnern gefunden haben wollen: über das Leben der Waldleute, ihre wilden Räuberneigungen und ihre eigentümliche Ehre daneben; über die Art, wie Eigentum hier erworben wird und die leidenschaftlichen Rechtskämpfe der ersten Pioniere der Wildnis mit den später nachrückenden staatlich bevorrechteten großen Gesellschaften. Wie schön war es, daß ich gerade noch in diesen Tagen hier weilen konnte, ehe ein richtiges Hotel mit flegelhaften Niggerboys hier stand; ehe die Eisenbahn die Scharen von blasierten Touristen ausschütten wird: ehe »Blookers Kakao« mit Riesenbuchstaben an den Felsenwänden des Cañons angeschrieben ist.

Dann suchte ich draußen mein Lager in einem der zwischen dem frischen weißen Schnee stehenden, aber wenigstens gedielten Zelte auf. Der Schneefall selbst hatte aufgehört; am entwölkten Himmel strahlten die Sterne groß und glänzend in der frostklaren Luft. Es war eisig kalt unter dem dünnen Zeltdach; die Luft fühlte sich bei jeder Bewegung, die man machte, wie kalter Stahl an. Der Wind war eingeschlafen, und lange noch still und wach zwischen meinen Decken liegend empfand ich das tiefe, große, vollkommene Schweigen des Urwaldes, das nach all dem wochenlangen unablässigen Brausen des Atlantischen Ozeans, dem Lärm der Städte, dem Rollen der Eisenbahn seinen Mantel über mich breitete.

7. Im großen Cañon des Colorado

Im allgemeinen sind die Steilwände des Cañons völlig ungangbar. Es gibt jedoch an mehreren Stellen, wo Schluchten oder Schutthalden die senkrechten Gesteinstufen abschrägen, schwindelkühne Pfade, meist alte Indianerwege, die in zahllosen Schlangenwindungen zum Talgrund hinabführen. Ab- und Wiederanstieg erfordern einen vollen Tag.

Ein solcher Pfad, *the old Indian garden's trail,* d.h. »der alte Indianergarten-Pfad«, leitet unmittelbar neben der Stelle, wo das Bright-Angel-Blockhaus liegt, zur Tiefe hinab. Ich betrat ihn gegen 8 Uhr morgens, zusammen mit dem gestern gefundenen Reisegenossen, dem jungen amerikanischen Schullehrer.

Steil führte er abwärts. Zunächst in eine mit schwerem Geröll und dichtem Baum- und Strauchwerk verhüllte Schlucht, in der Felswände den Ausblick umschränkten. Hinter uns wuchs der scharfgeschnittene Rand des Plateaus, auf dem das Blockhaus stand, rasch zu einer gewaltigen, stellenweise überhängenden Mauer über unserm Haupte empor, in bizarre Felsgebilde sich gliedernd, die wir von oben nicht gewahrt hatten, die aber jetzt Türmen gleich zwischen den Baumwipfeln auf uns herniederschauten. Gerade über unsern Köpfen, zur Linken des Pfades, starrte ein solcher Felszacken, wunderlich zerfressen, in die Luft, wie ein gigantisches Monument von fremdartig uralten Formen, das zu verwittert ist, um noch erkennen zu lassen, was es bedeutet. In einem andern Lande würde es wahrscheinlich längst irgendeinen romantischen Namen tragen und man würde allein seinetwegen eine Reise machen, so groß und seltsam sah es aus.

Die Stelle, wo der *old Indian garden's trail* abwärts stieg und wo das Blockhaus lag, war der Hintergrund eines der ungeheuren Felsenhalbrunde, die den Cañon gliedern; eine große seitliche Ausbuchtung des Coloradotals, in Form eines griechischen Theaters etwa, nur um das Tausendfache größer. Der Boden dieses Halbrunds, die Orchestra des Theaters, erstreckte sich als ein grünliches Plateau weiter in das Haupttal hinaus. Ein harter, feuersteinreicher Kalk bildete, treppenförmig abgesetzt, die oberste, 70–80 Meter starke Schichtenfolge der Wände dieses Theaters. In unserer umgrünten Schlucht durchmaßen wir sie und kamen nun in den Bereich einer Schichtenfolge aus sehr reinem hellfarbigen, in Riesenbänken gelagertem Sandstein, dessen harte Struktur es mit sich brachte, daß er überall, soweit ihn das Auge, auf zahllose Kilometer, wagerecht dahinziehen sehen konnte, durchaus vertikale Steilwände bildete. Von oben hatte er wie ein schmales, endloses weißliches Band ausgesehen. Auch diesen Sandstein hatte unsere Abstiegschlucht schräg durchschnitten. Seine Massen wuchsen daher riesenhaft um uns empor, senkrechte Kluftflächen von mehr als 100 Meter Höhe bildend. Auf diesen hellen Sandstein folgten verschiedene Schichtgruppen eines roten Sandsteins, deren Gesamtmächtigkeit mehr als 500 Meter betrug und in unerschöpflich wechselnden Formen: in jähen Steilwänden von noch größerem Ausmaß als vorhin, in Riesenkuppen, überhängenden Felsgesimsen, Geröllströmen, tiefen Höhlungen und dergleichen gegliedert war.

Im Bereich dieses roten Sandsteins leitete uns der Pfad jetzt in das Freie. Hier an steiler Wand über jähem Abgrund klebend, dort zwischen wilden Klippen sich hindurchwindend, hier über Ströme von Schutt im Zickzack steigend führte er weiter abwärts. Nun konnten wir weit voraus und in die Ferne schauen. Felszacken, die einige Zeit vorher klein wie ein Finger ausschauten, wuchsen, wenn wir herankamen, zu einer Riesengröße auf, die alles Menschenwerk hinter sich ließ. Staunend sahen wir uns auf allen Seiten von einer Felsenwelt umringt, in der die Masse des

Kölner Doms wie ein aus Elfenbein geschnitztes Schmuck-kästchen angemutet hätte.

Mit unserm Abstieg war die Luft rasch wärmer und wärmer geworden. Oben auf der Höhe hatten wir Schnee und nordische Fichtenwälder zurückgelassen, in der Mitte der Taltiefe herrschte schon eine Hitze, die den Kaktus in den mannigfachsten Abarten zwischen den Felsblöcken erblühen ließ. Endlich war auch die breite Zone des roten Sandsteins durchmessen. Nunmehr begann ein dünnblättri-ger grünlicher Kalk zu herrschen, dessen Mächtigkeit wieder nahezu 500 Meter betrug. Infolge seiner Weichheit bildete er nicht solche schroffe Steilhänge und Felszacken wie der weiße und rote Sandstein, sondern sanfte Abhänge.

Beflügelten Schrittes eilten wir weiter und sahen nach kurzer Wanderung, um einen Hügel biegend, ein Zelt, das wir schon vom Blockhaus aus als einen kleinen weißen Punkt erblickt hatten. Es war in Wirklichkeit recht stattlich, besaß einen für ein Dutzend Personen ausreichenden Schla-fraum und eine davon gesonderte Küche. Bewohner waren nicht darin, aber Tiegel und Pfannen konnten erst vor kur-zem gebraucht sein.

Der Platz, an dem man es aufgeschlagen hatte, war ein unerwartet reizendes Idyll in dieser heroischen Umgebung. Wenig oberhalb entsprang ein kleiner Bach, den ein breiter Gürtel von hohem Schilfrohr und frischgrünen Weidenbäu-men begleitete. Unter diesen Weiden bildete der Bach hier und dort kleine poetische Teiche, auf deren stillem Wasser-spiegel die Sonnenflecken zitterten. Rückwärtsschauend überblickten wir von hier aus das Felsenrund, in dem wir abgestiegen waren. Jetzt reckten sich seine Wände rings um den Talgrund zu einem ungeheuren Halbzirkel von über-wältigender Majestät empor. Kaum war oben am Plateaur-and das Bright-Angel-Blockhaus noch zu unterscheiden, so klein war es geworden: der weiße Sandstein und die oberen Lagen des roten erschienen nun von unten wieder, wie ehedem von oben, gleich schmalen parallelen Streifen: und ganz vergeblich suchten wir jenes erste feierliche Felsenmonument, das uns beim Beginn unseres Abstieges so groß und merkwürdig erschienen war: es war in der Fülle von ähnlichen Auszackungen des Plateaurandes, die von hier allesamt wie unbedeutende Klippen aussahen, überhaupt nicht mehr festzustellen.

Nachdem wir im Schatten der Weiden einen wohlverdienten Imbiß verzehrt und uns durch einen Trunk aus dem klaren Bach wieder gestärkt hatten, begannen wir die Wanderung aus dem Felsentheater hinaus auf die Fläche des Haupttals, um den eigentlichen Coloradoschlund aufzusuchen. Lange schritten wir gemächlich zwischen welligen Geröllhügeln und dürren Salbeibüschen vorwärts, bis ein plötzlicher, durch eine Wendung veranlagter Rückblick uns zu neuem Staunen festhielt. Immer glaubt man, nunmehr die letzte mögliche Steigerung des Eindruckes im Cañon erlebt zu haben, und immer wieder sieht man das bisher Bewunderte in noch Größerem aufgehen. Das Felsentheater, in dem wir abgestiegen waren, schien auf Erden nicht seinesgleichen haben zu können – jetzt erblickten wir, aus ihm in das Haupttal herausgetreten, zu seiner Rechten und zu seiner Linken, durch riesenhafte Halbinseln und Zungen des Plateaus gesondert, neue solche Theater von ganz der gleichen Größe, mit ganz der gleichen Fülle an Einzelgebilden ausgestattet und so ähnlich dem unsrigen, daß wir uns sofort einige genaue Kennzeichen unseres durchmessenen Weges merkten, um bei der Rückkehr nicht in einen falschen Felsenkessel zu geraten. Auch gegenüber, an dem nun näher gerückten andern Ufer des Canons, erkannte das Auge ganze Reihen derselben Ausbuchtungen; und wenn auch aufwärts und abwärts in der Ferne Felsenkulissen noch weiteren Ausblick verschlossen, so blieb doch kein Zweifel, daß sich die gleichen ungeheuren und im einzelnen ähnlich ausgestatteten Bildungen viele, viele Meilen weit wiederholen mußten.

Endlich aber näherten wir uns der Hauptschlucht, dem großen, düsteren Spalt, der sich durch die Mitte des Talbodens dahinwand. Eine vor uns liegende schmale, in den geheimnisvollen Riß vorspringende Felsennase erschien als ein Punkt, von dem aus der Fluß selbst gut sichtbar werden müßte. Jäh, mit wetterzerrissenen Wänden, auf ihrer Oberfläche nur noch ein wildes Haufwerk aus losen, absturzbereiten Platten, fiel sie in eine, zunächst noch unabsehbare Tiefe hinunter. Prüfenden Schrittes trat ich ganz auf sie hinaus: ein dumpfes, fernes Rauschen drang an mein Ohr – der erste Laut des Flusses –, und mit einem unwillkürlichen Gefühl des Schauderns stand ich still. Mein Blick fiel gerade hinab in den furchtbaren Schlund. 500 Meter etwa noch unter mir, also fast in der doppelten Tiefe des Eiffelturmes, rann der Strom, ein schmales, trübgelbes Wasserband, schäumend und wirbelnd zwischen finsteren, tiefbraunen, anscheinend lotrechten Felsenwänden dahin. So tief und eng ist die letzte Schlucht des Colorado, daß selbst zur Mittagszeit die Sonnenstrahlen nur an wenigen Punkten zu seinem Wasser hinabgelangen.

Äonen rückwärts in der Geschichte des Erdballes – niemand kann eine Zahl an Stelle dieses Ausdruckes setzen –. und Weltmeere schlugen ihre Wellen über diesen Gegenden, in denen wir weilen. In ihren lichtlosen Tiefen bauten sich, allmählich zu Stein erhärtend, die Felsenschichten auf, die heute hier die Erdrinde zusammensetzen. Dann stieg, in der vorletzten geologischen Periode, der Tertiärzeit, der Meeresgrund langsam empor und wurde Festland. Der Strom, der heute dort unten schäumt, entstand auf diesem Festland, floß in mannigfachen Windungen über dessen wagerechte Oberfläche dahin und begann sich einzuschneiden in sie, tiefer und tiefer. Und wie die Säge die Jahresringe eines Baumstammes zerteilt, so durchschnitt er eine nach der andern von den in Jahrmillionen abgelagerten und Stein gewordenen Schichten bis hinab zu ihrem Fundament, auf dem das Meer sie aufgebaut hatte, dem Urgestein, der Erstarrungsrinde des ehemals feurigflüssigen Erdballs. Und auch hier hat er nicht haltgemacht, sondern er hat sich noch 300 Meter tief in den stahlharten, klingenden Urgesteinfels hineingearbeitet!

Ein Anblick von grandioser, an Dantes Hölle gemahnender Gewalt, diese letzte düstere Klamm mit ihren braunroten Felsenwänden, die scharfkantig und blank, wie poliert, aus dem strudelnden Wasser aufstiegen und nur hier und da einer Sandbank, aber keinem zusammenhängenden Weg am Ufer Raum gaben.

Wohl eine Stunde weilten wir hier vor dem beispiellosen Bilde. Dann kehrten wir zurück zu dem alten Indianergartenpfad, um durch weitere Klüfte und Gründe zum Fluß selbst hinabzuklettern.

Bis in die Region des Granits waren wir dabei bereits gelangt, als plötzlich ein anderer Anblick uns festhielt und alles andere vergessen ließ. An einer senkrecht aufsteigenden Talwand über uns erschauten wir ein paar merkwürdige Gebilde: Steinmassen, die nicht von der Hand der Natur geformt sein konnten. Ein Blick durch das Glas gab die Gewißheit, daß es »cliff-dwellings« sein mußten, einige jener merkwürdigen rätselhaften Felsenwohnungen eines untergegangenen Volkes, das in unbekannter Zeit in diesen Einöden gehaust hat. Man hat diese »Cliffdwellings« in verschiedenen Teilen des Cañons entdeckt, besonders zahlreich in dem sogenannten »Walnut-Creek« weiter flußabwärts.

In den Grundzügen gleichen sich alle diese Klippenwohnungen. Es sind niedrige Gemäuer zwischen den horizontalen Flächen zweier hervorstehenden Felsengesimse an einer steilen Bergwand. Sie umschließen kleine Räume, die selten hoch genug sind, um einem Mann das Aufrechtstehen zu erlauben: Decke und Fußboden bildet der natürliche Felsen. Oft hoch über dem Tal an Wänden angelegt, wo sonst nur Vögel zu nisten pflegen, dienten sie wohl als unnahbare Zufluchtsorte beim Herannahen eines Feindes. Kein Lied, keine Sage meldet uns mehr von dem Namen, der Rasse, der Lebensweise jenes Volkes; nur diese Mauerwerke und Reste einer kunstvollen Töpferei, die man hier und da in ihnen gefunden, geben noch eine dürftige, rätselreiche Kunde.

Wir kletterten auf einer Schutthalde zum Fuß der Sandsteinwand empor, an der unsere Cliffdwellings hingen. Die eine Höhlenwohnung freilich schwebte in so schwindelnder Höhe an dem senkrechten Absturz über uns, daß es unbegreiflich blieb, wie die Bewohner dort hinaufgelangt sein mochten. Für uns bestand keine Möglichkeit, sie zu erreichen. Die andere lag nur etwa 15 Meter über dem Fuß der Wand, eingeklemmt zwischen zwei vorspringenden Schichten des Felsens, die durchschnittlich kaum [3/4] Meter hoch übereinanderlagen. Von der rechten Seite her war die untere Schicht dieser Felsspalte leicht zu erklettern. Auf allen vieren krochen wir dann auf ihr entlang, um einen Felsblock herum, der nicht von Natur dort liegen konnte, sondern jedenfalls wohl zur Verengung des Zugangs dorthin gewälzt worden war, und gelangten so an die Türöffnung des ersten Raumes. Die Mauern bestanden aus übereinandergeschichteten, mit rotem, bröckligem Lehm verbundenen, urtümlich behauenen Steinplatten, die aber doch in vollkommen rechtwinkligen Wänden gefügt waren. Der erste Raum schloß oben an die obere Felsdecke an und war so niedrig, daß ich gerade darin aufrecht sitzen konnte. Bei dem nächsten war die Felsdecke höher, man konnte stehen. Hier reichte die Mauer nicht bis oben hinauf, sondern bildete nur eine geschlossene Brustwehr.

Im ersten Raum fand sich etwas Stroh und ein kleiner glasierter Scherben, sonst nichts. Wahrscheinlich stammte das Stroh von modernen Viehhirten her, die im Winter gern ihr Vieh in den warmen Cañon hinabführen, und so war auch der Scherben als urkundliche Spur der Erbauer kaum brauchbar.

Es war inzwischen 3 Uhr nachmittags geworden; wir mußten heimwärts eilen, wenn wir den langen und beschwerlichen Anstieg zu dem Bright-Angel-Blockhaus noch vor Einbruch der Nacht vollenden wollten. Es blieb infolge jener Abschweifung leider unmöglich, noch bis zum Flusse selbst hinabzusteigen.

Inzwischen hatte sich auch das Wetter geändert. Oben mußte ein scharfer Wind wehen, pfeilschnell kamen die Wollen von Süden über den jetzt so himmelhoch über uns hängenden Plateaurand herübergeflogen, zuweilen in dichten düsteren Massen. Dann rauschte prasselnder Regen oder Hagelschlag hernieder, so daß wir wiederholt unterwegs, unter irgendwelche Felsenplatten geduckt, den alten Cliffdwellern ähnlich, den ärgsten Schauer abwarten mußten, und dumpfer Donner rollte zwischen den Wänden in langtönendem Echo. Aber der Landschaft des Cañons gab das noch einen neuen Reiz. War das Wetter für uns vorüber, so blitzten die Felsen rings in der klaren Atmosphäre in noch reineren Farben als zuvor. Über den Riesenklüften der jenseitigen Ufer hingen nun die Gewitterwolken, düsterblau und mächtig, und einmal spannte sogar ein schimmernder Regenbogen eine zauberische Brücke gerade über den Höllenschlund des Hauptrisses hinweg.

Über alle Beschreibungen schön wurde das Schauspiel, je mehr die Sonne, während wir aufwärts stiegen, sich dem Untergange neigte. Langsam rückten die Schatten der westlichen Felsenwände an den gegenüberliegenden östlichen empor und hüllten sie höher und höher hinauf in dunkelblaue, mystische Schleier. Um so wundervoller schimmerten dafür die rotgoldenen Abendstrahlen auf den oberen Gehängen. Goldene Mauern umschlossen nun, unabsehbar hinziehend, den dunklen Talgrund; goldene Inseln, die Spitzen der einzelnstehenden, aus Dämmertiefen noch in das Licht emporragenden Felsgebilde, schwammen wundersam über dem langsam steigenden Schattensee; als leuchtende Bänder standen die helleren Gesteinsschichten an den näheren Felswänden, und ein wahrhaft märchenhaftes Rosenrot überhauchte die große Ferne.

Doch die goldenen Inseln versanken, das Feuer der Bänder erlosch, und schließlich verdämmerte auch das letzte Rosa; in feierlichen, nächtigen Schatten lag der Cañon unter uns.

Es war fast Nacht geworden, als wir uns endlich, todmüde, auf dem vom Regen in schlüpfrigen Brei aufgelösten Pfad dem Plateaurand und dem Bright-Angel-Blockhaus wieder näherten. Aus dem großen Haupttal waren wir wieder in unser gigantisches Felsenamphitheater getreten, hatten die Bänder des grünlichen Kalkes, des roten Sandsteins mit seiner gewaltigen Formenwelt, des weißen Sandsteins mit seinen jähen Steilwänden und zuletzt unsere erste, umgrünte Engschlucht rückwärts durchschritten. Kurz ehe wir ihr ersehntes Ende erreichten, stand urplötzlich über den Baumwipfeln der Schlucht von neuem jener merkwürdige Felsen, der uns beim Abstieg zuerst so ins Auge gefallen war. Bei der veränderten Richtung der Lichter und Schatten erkannten wir mit einemmal deutlich, daß er ein seltsames, riesenhaftes Gesicht trug, ein durch wunderbares Naturspiel geformtes Antlitz von dämonischen Zügen, den Göttermasken ähnlich, die die Indianer des kanadischen Nordwestens schnitzen. Die tiefen Schattenaugen sahen schweigend in die ungeheure, totenstille Welt hinaus, mit einem Ausdruck, wie ihn der große Sphinx von Giseh besitzt; jenem starren Rätselblick, in dem die Mysterien von Jahrtausenden zu schlummern scheinen.

8. Türme des Schweigens

Ich wandele am Meeresstrande von Bombay. In wunderbar schlanker Linie schwingt sich der große Bogen der Küste, um jenseits der silberglänzenden Fläche der Backbay in den Hügelzug von Malabar-Hill überzugehen. Lebhaft erinnert dieser ferne Stadtteil an die Bilder italienischer Gestade. Aus dem dunklen Grün seiner Gärten leuchten dichtgedrängt und übereinander emporsteigend die üppigen Villen der reichen Einwohner von Bombay herüber; jener, meist dem Stamm der Parsi angehörigen Geldaristokratie, die zu den begütertsten der Erde zählt. Auf dem diesseitigen Ufer der Backbay begleitet uns die prachtvolle Flucht der großartigen öffentlichen Paläste, in denen die Weltmacht Englands hier an der Schwelle ihres indischen Reiches einen königlichen Ausdruck findet. Durch die weiten Parkflächen davor gleiten lautlos auf Gummirädern die kostbaren Gespanne der »guten Gesellschaft«, die hier die Abendkühle der Meerbrise aufsucht, fauchen die Kraftwagen und rollen die langen Züge der Bombay-Baroda- und Central-India-Bahn. All das übergossen von der Glut der langsam zum Meeresspiegel hinabsteigenden Sonne. Auf dem breiten weißen Sandstrand selbst, wo die langen glänzenden Wogen fächerförmig vorwärtsschießen und sich wieder zurückziehen, wandeln Scharen von betenden, die Natur anbetenden Parsen. Sie sind in Röcke europäischen Schnitts gekleidet, tragen jedoch die eigenartige Parsikappe aus dunklem Glanzstoff auf dem Kopfe. Ruhigen Schrittes kommen sie über die Kaitreppen herabgestiegen bis zum Rande der Flut. Hier beugen sie sich nieder, berühren mit den flachen Händen die Oberfläche der nächsten Welle und netzen sich damit das Antlitz. Sie küssen dann, nach verschiedenen Himmelsrichtungen sich niederwerfend, die Erde. Hierauf erheben sie sich, um eine heilige Schnur abzuknüpfen, die sie um den Leib tragen: sie ziehen sie durch die Hand, messen sie ab wie eine Art Rosenkranz und binden sie schließlich unter religiösen Formeln wieder um. Endlich stehen sie oder sitzen sie auf den Ufersteinen noch lange, im Anschauen des melodisch rauschenden Meeres und der Sonne, halblaut Gebete vor sich hinmurmelnd und anscheinend völlig versenkt in das All der Natur. Auch Frauen sind zuweilen darunter, in die wundervollen langen Schleiergewänder ihrer Tracht gehüllt. Oft ist diese von einem tiefleuchtenden Rot. so daß sie wie brennende Feuerpunkte in der Landschaft stehen. Es ist ein Schönheitsglanz in diesem allabendlichen Gemälde des Strandes von Bombay, wie er uns auf der Erde nur selten begegnet.

Aber auch diesem strahlenden Bilde ist ein Hintergrund des Todes, des Vergehens beigefügt, von seltsamem Ernst, ja in seinen Formen so fremdartig für unser Gefühl, daß er für manche Gemüter den Gipfel des Entsetzens und Abscheus vorstellt.

Unser Blick folgt dem langsamen Kreisen einiger Geier, die hoch in den Lüften über die Backbay hinüberziehen. Dort, jenseits der Bucht, auf der höchsten Höhe des Höhenzuges, verborgen von dem Grün der Wipfel, aber, wie jeder weiß, unmittelbar inmitten der üppigsten Gärten und Villen, liegen die »Türme des Schweigens«, das letzte Ziel der irdischen Wanderung der Parsen und wohl die sonderbarste Grabstätte der Welt.

Die Parsen sind Nachkommen alter Einwanderer aus Persien, die nach der Zerstörung des Sassanidenreiches mohammedanischen Glaubensverfolgungen in ihrer Heimat entflohen und, im zehnten Jahrhundert etwa, nach Indien kamen. Ihre Hauptmasse lebt jetzt in und um Bombay, und obwohl in der Dreihundert-Millionen-Menge der indischen Bevölkerung nur ein verschwindender Bruchteil (ungefähr 100 000 nach der letzten Zählung), haben sie es durch ihre Klugheit und ihren Geschäftsgeist zu einer hohen Bedeutung in der indischen Welt gebracht. Durch Handel mit Europa und neuerdings auch durch einheimische Industrie sind viele von ihnen in den Besitz außerordentlicher Reichtümer gekommen. Die Zahl der Bombayer Parsi-Millionäre ist groß. Ihr Einfluß in der Stadtverwaltung ist nahezu ausschlaggebend. Sie ahmen seit langem europäische Lebensgewohnheiten nach; sie bauen sich große Landhäuser europäischen Stils, haben die kostbarsten Automobile, ihre Frauen machen Konversation in Französisch und Englisch und spielen Klavier; ihr Sinn für Wohltätigkeit und ihre Opferwilligkeit für gemeinnützige Zwecke hat Bombay, das sie gewissermaßen als ihre Stadt ansehen, mit zahllosen Stiftungen ausgestattet und mit Bauten und Denkmälern geschmückt. Daneben aber haben sie doch ihre alte, aus Persien mitgebrachte Religion und religiöse Sitte bis auf den heutigen Tag bewahrt.

Diese Religion geht in gerader Linie auf den uralten Naturdienst Zarathustras zurück und prägt sich aus in einer Verehrung der Elemente, insbesondere des heiligsten, des Feuers. Sie beten es an in der Gestalt der Sonne, aber auch der irdischen Flamme. Noch heute soll auf einem Altar des Haupttempels in Bombay dasselbe heilige Feuer brennen, das ihre Vorväter einst vor tausend Jahren aus der Heimat mitgebracht haben und an dem alle andern Tempelfeuer entzündet werden. Priester hüten und nähren es in einem unterirdischen Raume unter Hymnengesang und Verbrennung von Weihrauch.

Merkwürdig rein und edel erscheinen uns heute fast alle äußeren Formen, in denen diese Religion uns entgegentritt. Und höchste Reinheit des Empfindens ist eigentlich auch der Grundgedanke, der zu der für unser unvorbereitetes Gefühl so schauerlichen Bestattungsart ihrer Toten führt; zu jenen Mysterien, die sich hinter den Mauern der »Türme des Schweigens« vollziehen.

Für die Überzeugung des Parsi ist nur die Seele des Menschen von wirklicher Bedeutung, der Körper nach dem Tode eine wertlose Hülle, deren Auflösungsprozeß eine widerwärtige Häßlichkeit ist. Bestattet man diesen vergehenden Körper im Boden, so befleckt man damit das reine Element der Erde; wirft man ihn ins Meer oder in den Fluß, so geschieht das gleiche mit dem Wasser; überließe man ihn der Verwesung unter freiem Himmel, abgesehen davon, daß derartiges gesundheitlich sich von selber verbietet, so würde das Element der Luft damit entweiht werden. Verbrennt man ihn, wie es die Mehrzahl der Bewohner Indiens tut, so würde man vollends das heilige Feuer besudeln. So sind die Parsen auf den Gedanken gekommen, ihn – den Geiern zum Fraß vorzuwerfen. Die berühmten »Türme des Schweigens« sind die den Vorgang selbst dem menschlichen Blick entziehenden Stätten, wo die Körper der Dahingeschiedenen diesen seltsamen Totengräbern ausgesetzt werden.

In etwa halbstündiger Fahrt bringt uns ein Kutschwagen aus dem europäischen Geschäftsviertel der Stadt nordwärts um die Bai herum an den Fuß von Malabar-Hill. Hier steigt eine gutgehaltene Straße, die Gibbs-Road, rasch empor und entrollt uns nach links, nach Osten, in immer reicherer Schönheit das wahrhaft wundervolle Bild der leuchtenden Meeresbucht und der riesigen Stadt dahinter, während im Westen die dichte Laubflut tropischer Gärten den Weg begleitet. Jetzt öffnet sich innerhalb dieser letzteren zu unserer Rechten ein breites Gittertor, an dessen Pfeilern angeschrieben steht: » *Parsee only admitted*« (Nur Parsi zugelassen). Wir haben uns jedoch eine Erlaubniskarte besorgt, und so rollt unser Wagen ungehindert hindurch.

Staunend sehen wir uns aus der menschenbelebten Stadt plötzlich hineinversetzt in die Einsamkeit eines halbwilden Parks, den große, dichtwipflige Bäume beschatten. Eine hohe Felswand aus mächtigem Blockgetrümmer steigt ernst vor uns empor. Üppiges Schlinggewächs hängt daran hernieder, einzelne Palmen, tiefgrüne Mangos und Feigenbäume mit phantastisch wirren, wie aus Stricken zusammengedrehten Stämmen sind malerisch zwischen dem Gefels verteilt, und auf der von hier unersteiglichen Höhe werden Mauern und weiße Gebäude sichtbar. An einem Wärterhause hält unser Wagen; wir müssen ihn verlassen und gelangen nun, von dem Wächter geleitet, an den Fuß einer breiten, weißgetünchten Freitreppe, die zwischen zwei Reihen blühender Topfgewächse aufwärts leitet. Sie führt zu einem neuen Toreingang von weißer Farbe empor, dem Zutritt zur Hochfläche, auf der die Türme liegen. Schon der wilde Felsenpark unten gemahnt an die Phantastik einer tropischen Opernausstattung; hier, wenn man so allein – der Wächter bleibt unten zurück – auf der stillen, weißen Treppe emporsteigt, in dem vollen Gefühl des Sonderbaren, das uns erwartet, ist es vollends, als würde man von unsichtbaren Mächten stufenweise in die Geheimnisse einer freimaurerisch-feierlichen Tempelstätte eingeführt.

Oben am Torbogen empfängt uns, aus einem dahintergelegenen Hause tretend, ein schneeweiß gekleideter Parsi mit stummem Gruß. Er ist nun unser Führer. Zunächst zeigt er uns am Wege einen niedrigen, weißgetünchten Steinpfeiler, in dem ein kleiner eiserner Sicherheitsschrank eingemauert ist. Dieser enthält die Schlüssel der »Türme des Schweigens«. Dann schreiten wir auf verschlungenen, von blühenden Blumen eingefaßten Gartenwegen über die Hochfläche, die abseits von diesen Wegen eine dichte Wildnis von Bäumen und Sträuchern ist. Regellos in dieser Wildnis verteilt liegen die Türme. Sie sind so niedrig, daß nirgendwo von der Stadt aus etwas von ihnen zu sehen ist; der höchste ist kaum höher als acht Meter. Ihnen näher zu treten als auf dreißig Schritt ist durch Tafeln untersagt. Es sind eigentlich weniger Türme, als flache, kreisrunde, weißgetünchte Wälle, gleichsam riesige, oben offene Opferschalen, in denen die Körper den Geiern dargeboten und so in den großen Kreislauf der Materie zurückgeleitet werden. Sie haben nur eine einzige, etwas über dem Boden erhabene und streng verschlossen gehaltene Tür. Auf den Bäumen rings um sie und auf ihrem Mauerrande hocken in Mengen die großen schwarzen Geier mit ihren nackten Hälsen in starrer Unbeweglichkeit.

Einer Bestattung selbst darf der Nichtparsi nicht beiwohnen, doch der Führer erklärt uns den Vorgang. Wem der Körper des Verstorbenen aus der Stadt zum Eingang des Felsengartens gebracht ist, wird er auf eine Bahre gelegt und von vier Leuten, die man Nasr-Salar oder die »Träger des Todes« nennt, die Treppe hinaufgebracht. An die Bahre schließt sich, weiß gekleidet, zu zwei und zweien, der Zug der Leidtragenden an. Aber noch vor ihnen, unmittelbar hinter der Bahre, sieht man zwei langbärtige Männer einherschreiten. Das sind die einzigen, die das Innere des Turmes betreten dürfen, um den Körper dort niederzulegen. Ihr Geschäft erbt sich vom Vater auf den Sohn fort und schließt sie aus von der sonstigen menschlichen Gesellschaft. Auch sie aber müssen, wenn ihr Amt vollzogen und der Turm wieder geschlossen ist, ihre nur bei dieser Gelegenheit getragenen Kleider wechseln und eine feierliche Reinigung vornehmen.

Trotz dieser Unnahbarkeit der »Türme des Schweigens« wissen wir ganz genau, wie es in ihnen aussieht. An einem großen Modell, das in einem Hause gezeigt wird und vor einem Menschenalter zur Belehrung des Prinzen von Wales, des späteren Königs Eduard VII., hergestellt wurde, erläutert uns der Führer ihre Einrichtung. Das Innere ist eine von der Umwallung etwas überragte Plattform, die sich flach trichterförmig nach der Mitte zu senkt. Das Zentrum ist eingenommen von einem offenen, senkrechten, zylindrischen Schacht, ähnlich einem Brunnen. Der Bereich der Plattform zeigt einen dreifachen Kranz flacher, viereckiger Vertiefungen, die sich ringförmig um die Brunnenöffnung herumordnen und bei dem äußersten Ring am größten, bei dem innersten am kleinsten sind. Die Vertiefungen der äußersten Reihe sind die Plätze für die verstorbenen Männer, die der mittleren für die Frauen, die der innersten für die Kinder. Sobald der Leichnam – völlig nackt – auf seine Stelle gelegt ist und die Männer den Turm wieder verlassen haben, stürzen sich die Geier darauf, und binnen einer halben Stunde ist nur noch das sauber präparierte Skelett vorhanden. Luft und tropische Sonne trocknen dieses schnell, so daß es, wenn nach einiger Zeit die Totenwächter kommen, um es mittels bestimmter Werkzeuge aus den Vertiefungen zu nehmen und in den Schacht im Innern zu werfen, schon fast von selbst zu Staub zerfällt. In der Tiefe des Mittelschachtes schlummern dann die letzten irdischen Reste der Parsen; arm und reich mischen sich hier, wie Zarathustra es gewollt, ohne Unterschied im Tode; die Seele aber ist längst zu lichten Gefilden emporgestiegen.

Fünf solcher Türme von verschiedener Größe zählt man in diesem Wildgarten. Alle sind sie unterschiedlos im Gebrauch für Angehörige der Gemeinde; nur einer von ihnen, der älteste und kleinste, ist, ein merkwürdiges Vorrecht, im Besitz einer einzigen Familie. Ebensowenig, wie man sie von außen her gewahrt, sieht man auch von ihrem Park aus irgend etwas von der Außenwelt. Vollkommen losgelöst sind wir hier oben von dieser; nur der blendende Himmel spannt sich über uns.

Der Gedanke an dies einstige Schicksal seines Körpers hat für den lebenden Parsen nichts Schreckhaftes. Und wenn wir unbefangen urteilen, müssen wir uns sagen, daß die Vorstellung von dem unsichtbaren Beseitigungsvorgang hinter jenen weißgrauen Mauerringen in Wahrheit nicht soviel widriger ist als die, die wir uns von dem unserer eigenen Erdbestattung in den verborgenen Tiefen des Bodens folgenden Auflösungsprozeß machen müssen. Ich jedenfalls konnte mich, zwischen den großen brennenden Blumen in diesem stillen Garten umherwandelnd, dem Eindruck einer mächtigen, wenn auch fremden und wilden Poesie nicht entziehen, und ich bewahre noch heute die weiße Rose, die mir der weißgewandete Führer dort zum Abschied von einem der Büsche brach.

9. Meine kleine birmanische Prinzessin

An meiner Wiege in der Wollenweberstraße zu Brandenburg a. H. ist es wahrhaftig nicht gesungen worden, daß ich einmal mitten in Indien in einer goldenen Sänfte auf einem Elefanten reiten sollte, ausgerufen als Akbar der Großmogul, und eine richtige, lebendige Prinzessin von Birma im Arm.

Und doch ist es so gekommen, und ich will es erzählen.

Freilich die Geschichte selbst ist ganz klein und unbedeutend. Wenn sie überhaupt für andere Leute einen Reiz hat, so kann der nicht eigentlich in den Ereignissen liegen, sondern, ähnlich wie bei den indischen Miniaturen, in dem fremdartigen und farbenflimmernden Hintergrund des Ganzen. Und vielleicht auch in dem Hauch von Tragik, der den Untertan all des Heiteren bildet, das ich berichten will.

Um das recht klarzumachen, muß ich zuerst von der Stätte sprechen, wo mir dies Fremdartige und dies Tragische am eindringlichsten zum Bewußtsein gekommen ist.

Im Herzen von Birma, sechs Tagereisen Stromfahrt den Irrawaddi aufwärts von der Hafenstadt Rangun, liegt die letzte Hauptstadt des ehemaligen birmanischen Königreichs, liegt Mandalay, die seltsamste, traumhafteste Stadt von Asien. Ich sah sie im März 1911 auf einer Reise nach Oberbirma, die ich an meine Fahrt mit unserm Kronprinzen durch Vorderindien anschloß. Noch heute zählt Mandalay weit über hunderttausend Einwohner, es hat elektrische Straßenbahnen und moderne Markthallen, erfüllt von geschäftigem Getriebe. Und dennoch hatte ich das Gefühl, als sei die Stadt bereits in Wirklichkeit verschwunden, weggewischt vom Erdboden wie ihre verschiedenen Vorgängerinnen, eigentlich nur noch eine Fata Morgana, ein altes Lied, ein orientalisches Zaubermärchen. Im Jahre 1857 erst gründete König Mindon diese Riesenstadt, die an

Pracht alle früheren noch überragen sollte. 1878 kam sein brutaler, anscheinend cäsarenwahnsinniger Neffe Tibo zur Regierung, der, ganz in den Händen seiner ehrgeizigen, leidenschaftlichen Hauptfrau Supaya Lat, seine Herrschaft zunächst mit einem grausamen Massenmord unter seinen nächsten Verwandten begann, den Königspalast mit noch gesteigertem Luxus erfüllte und dann in törichter und ganz undiplomatischer Weise mit den Engländern aneinandergeriet. Diese nutzten die Gelegenheit, drangen 1885 rasch mit einer Armee den Irrawaddi hinauf, eroberten im Handstreich Mandalay und nahmen den Übermütigen, der so etwas nicht entfernt für möglich gehalten hatte, inmitten seines goldenen Palastes gefangen. Dem birmanischen Königtum wurde ein Ende gemacht, das Land dem britisch-indischen Kaiserreich als Provinz einverleibt, und um allen Verschwörungen und Aufständen vorzubeugen, wurden nicht nur König Tibo und seine Gattin selbst, sondern auch die einflußreichsten Mitglieder der königlichen Familie aus Birma verbannt und nach verschiedenen Orten Vorderindiens ins Exil geführt.

Noch stehen heut die großen Prunkbauten der letzten Könige aufrecht: noch geben uns die Paläste, die Tempel, die Klöster, die zahllosen Pagoden Mandalays inmitten der leichten Bambushäuschen der Bewohner eine Vorstellung davon, wie einst auch die älteren Hauptsitze dieser schwindenden Kultur aussahen.

Wunderbar schön noch heut, zum Feinsten gehörig, was die Kunst Asiens hervorgebracht hat, ist zum Beispiel das Goldene Kloster der Königin Supaya Lat mit den unvergleichlichen Schnitzarbeiten an seinen Wänden, mit den wie züngelnde Flammen gen Himmel steigenden Giebeln und Spitzen, mit der gerade durch ihre Verwaschenheit heut so unsagbar künstlerisch wirkenden Vergoldung des alten braunen Holzes. Aber schon jetzt ist es so gebrechlich, daß mich, als ich es zum letztenmal sah, übergossen vom Strahl der untergehenden Sonne, das Gefühl nicht losließ, als sei es heute nur noch eine goldene Vision und müsse mit diesem letzten Sonnenstrahl selbst sich auflösen und verschwinden.

Nicht anders auch der eigentliche Wohnsitz des Königs in Mandalay, das riesige Mauerviereck im Mittelpunkt der Stadtanlage, das einst außer dem Fürsten und seiner Familie selbst den ganzen Hofstaat und die großen Würdenträger des Landes mit ihrem Gesinde, eine Bevölkerung von vielen Tausenden, in sich barg. Schweigend, mit trägen Wassern, ziehen sich die breiten, schnurgeraden Gräben rings um diese Königsstadt, von Lotos überwuchert, von weißen Brücken überquert. Verschwunden sind die goldenen Prunkbarken, die einst, mit Seidenstoffen behängt, hier wettruderten; über die Brücken ziehen nicht mehr die Kavalkaden glänzender Hofleute und schmuckbeladener Elefanten. Alles ist still, todeinsam.

Ich dachte auf dieser Stätte an all dies unwiederbringlich versunkene Leben. Und – dachte daran, daß ich doch selber kurz zuvor Menschen kennengelernt hatte, die ebendieser Umgebung entstammten, ja die zum Teil noch selbst in diesem Glanze gelebt hatten!

Es war während der Kronprinzenreise in Indien gewesen. Die Offiziere der britischen Garnison von Allahabad, der Hauptstadt der Provinz Agra und Audh, gaben – am 25. Januar 1911 – dem Kronprinzen einen Ball in ihrem Kasino. Durch die weitgeöffneten Fenster drang der laue Hauch bei indischen Nacht in den großen, von fliehendem Lichtdämmer erfüllten Saal. Rings an den Wänden und in den Nebenräumen drängte sich die dichte Menge der Geladenen in höchstem Glanz, den die anglo-indische Gesellschaft entfalten kann: schlanke, sportgestählte Offiziere in den starkfarbigen, goldfunkelnden Uniformen der britisch-indischen Armee; hohe Zivilbeamte vom vizeköniglichen Hof in Kalkutta mit weißen und hellblauen Aufschlä-

gen auf den dunklen Fräcken; die Damen in großer Gesell-
schaftstoilette, englisch tief ausgeschnitten, mit blitzendem
Schmuck. Die Regimentsmusik ließ die neuesten europäischen Tanzweisen aus der »Lustigen Witwe« und der »Dol-
larprinzessin« erklingen, und nach ihnen wirbelten die
Paare durch den Saal. Heut war alles ganz europäisch; man
war unter sich; farbige Gesichter, indische Turbane und
Kaftane wie sonst so oft sah man nicht. – Mit einer Aus-
nahme! Zwei kleine zarte Figürchen bewegten sich durch
die Menge, exotisch gekleidet und wie fremdartige Blumen
anzusehen; zwei junge Mädchen in einer mir damals noch
unvertrauten Tracht: kurzen Jäckchen von leichter gelbröt-
licher Seide, darunter eng um die Hüften schließenden,
glattfallenden Röcken in Form des malaiischen Sarongs aus
orangefarbener, zart gemusterter Seide, große Blüten in
dem tiefschwarzen Haar, das die lichtbraunen, hochstirni-
gen Gesichter enganliegend umschloß. Eine von ihnen holte
jetzt der Kronprinz zum Tanz und walzte mit ihr durch den
Saal. Es sah nicht gut aus; sie kamen nicht recht in Takt.
Und das lag sicher nicht am Kronprinzen, der ein vollen-
deter Tänzer ist. Es lag an dem kleinen Persönchen, dem
der europäische Rundtanz offenbar etwas Fremdes war.
Trotzdem schien sie ihrem Tänzer ausnehmend zu gefallen,
denn er beschäftigte sich den ganzen Abend mit ihr, saß
plaudernd und lachend an ihrer Seite und wählte sie zur
Partnerin für den Spaziergang, den man in der Tanzpause in
den mit Lämpchen erleuchteten Garten unternahm.

Ich erfuhr, daß die jungen Mädchen birmanische Prinzessinnen waren, Töchter eines Bruders des 1885 gestürzten
Königs Tibo, also seine rechten Nichten. Wie der König
selbst war auch sein Bruder Limbin aus Birma verbannt
worden und wohnte mit seiner Familie in Allahabad unter
Aufsicht der Regierung mit einer ihm gewährten Pension,
an den Aufenthaltsort gebunden, aber sonst unbehelligt.

Als beide Prinzessinnen einmal miteinander in einem Nebenraum saßen, ließ ich mich ihnen vorstellen und kam rasch in eine lebhafte Unterhaltung. Beide sprachen vollendet englisch und überraschten mich durch die vollkommene gesellschaftliche Sicherheit ihres Gebarens. Man hatte bei ihnen das Gefühl, daß das, was bei uns durch eine sorgfältige Erziehung erzeugt wird, hier ganz von selbst aus feiner, natürlicher Menschlichkeit herausgeboren wurde. Beide gaben sich unbefangen der Freude hin, die ihnen dies Fest machte; ihre Mienen lachten von Leben und Heiterkeit; ihr Gespräch hatte eine persönliche Prägung, Geist und Humor, so daß ich in meinem hochmütigen Europäerdünkel ganz beschämt war. Die ältere von beiden, die Tanzpartnerin des Kronprinzen, war, so nahe gesehen, in der Tat ein entzückendes Geschöpf, in der lieblichsten Mädchenblüte, etwa achtzehn Jahre alt. Malat war ihr Name, während die jüngere Marglay hieß.

Die letztere war ein klein wenig größer, aber sichtlich jünger, obwohl es mir nicht möglich war, ihr Alter zu bestimmen; ich schätzte es auf siebzehn. Sie war viel schlanker und schmaler, anscheinend sehr zart in der Gesundheit; ihr Gesichtchen länger, nicht ganz so überraschend reizend wie das ihrer Schwester, schon weil es noch nicht in dieser Vollblüte stand, aber die Augen noch größer und das Ganze, bei aller Heiterkeit auch ihres Geplauders, mit einem leisen Hauch von Leiden oder Sehnsucht oder kindlicher Hingebung versehen, der es ungemein anziehend machte.

Die ältere Schwester wurde bald wieder in den Wirbel des Festes hineingezogen, die jüngere tanzte überhaupt nicht, und wir vertieften uns derart in ein Geplauder, daß ich dessen Dauer vollkommen vergessen habe. In hübschester Zutunlichkeit erzählte sie mir von ihrem Leben. Beide Schwestern waren erst nach der Verbannung der Eltern, in Indien, geboren und hatten bisher Birma nie gesehen. Die Eltern aber lebten noch mit allen Gedanken dort. Die Mutter, an der sie sehr hingen, erzählte ihnen oft von der alten Heimat, von der Pracht der Paläste in Mandalay und von der goldenen Schwe-Dagon-Pagode in Rangun, deren Glöckchen von selbst im Winde tönen. Ich kannte damals wenigstens Rangun schon flüchtig von einer früheren Reise und konnte bestätigen, wie wunderbar dieser kurze Eindruck der birmanischen Welt auf mich gewirkt hatte. Dann mußte ich ihr von der Kronprinzessin, von ihren Kindern erzählen, vom Marmorpalais in Potsdam und wie die kaiserliche Familie lebe usw. usw. – Übermorgen, so erzählte sie mir, sei ein großes Fest zur Feier irgendeines britischen Gedenktages, welches, habe ich vergessen; da würde, zugleich zu Ehren des Kronprinzen, ein glänzender Aufzug mit Aufführungen aller Art veranstaltet, bei dem auch sie und ihre Schwestern mitwirkten. Das müsse ich unbedingt ansehen. Vorher aber noch, morgen, müsse ich ihre Eltern besuchen; da würde sie mir zeigen, wie sie wohnten, und ich würde sie da in europäischer Tracht sehen, die sie sonst immer trüge.

Plötzlich wurde sie ein bißchen verlegen und sagte: »Ja, Sie halten mich gewiß für älter als ich bin, für eine erwachsene Lady. Das sieht in unserer Tracht so aus. Morgen werden Sie sehen, daß ich noch ein kleines Schulmädel bin. Ich bin erst fünfzehn Jahre.«

Ich versprach ihr, zu kommen, und mir schieden, als ob wir uns seit vielen Jahren gekannt hätten.

Am nächsten Tage besuchte ich die Familie Limbin. Sie bewohnte ein englisch-indisches Mietshaus in dem üblichen geräumigen Garten. Im Innern ein Gemisch von europäischer und asiatischer Einrichtung, sichtlich in den Mitteln beschränkt. Ich lernte noch eine ältere Schwester kennen, die gestern nicht mitgekommen war; diese, schon etwas verblüht, aber von großer Würde des Benehmens, am meisten und bewußtesten Prinzessin unter den Töchtern.

Dazu noch drei kleinere Mädchen von sprühender Lebhaftigkeit. Die Eltern erschienen weniger erfreulich, von Sorgen und Wünschen bedrückt. Beide sprachen kein Wort Englisch, die Töchter dolmetschten. Der Vater klagte über die englische Regierung, die ihn zu knapp hielte, so daß er mit seiner zahlreichen Familie nicht auskommen könnte.

Marglay, die mir schon am Eingang entgegengelaufen kam, in europäischer Tracht, einem einfachen, kurzen weißen Kleide mit schwarzem Ledergürtel um die schmale Taille und offenen Haaren, erschien jetzt in der Tat noch als ein Backfisch. Das Exotische ihres Gesichtstyps trat dabei durch den Gegensatz zu ihrer Kleidung mehr als gestern hervor. Nur die großen strahlenden Augen schienen älter als sie selbst und gaben ihr auch hier ein merkwürdiges inneres Leben. Sie war stolz, daß ich ihretwegen gekommen war, betonte deutlich durch die Honneurs, die sie machte, die besondere Zugehörigkeit dieses Gastes zu ihr und war im übrigen so reizend und unbefangen wie gestern.

Am nächsten Nachmittag, dem des 27. Januars, fand das angekündigte Schauspiel statt. Am Rande eines ungeheuren Sportfeldes, wie sie die großen britischen Cantonments in Indien besitzen, war eine lange, überdachte Tribüne errichtet, deren Mitte für den Kronprinzen und sein Gefolge und die Spitzen der Behörden vorbehalten war. Gegenüber der Mittelloge erhob sich auf dem Sportplatz in einiger Entfernung ein stufenförmig ansteigendes Brettergerüst, die Schaubühne für die Szenenbilder, die zu dem Spiel gehörten, während auf dem freien Raum des Platzes dazwischen die Aufzüge sich entwickelten. Die Darsteller waren Einwohner Allahabads, Angehörige der zuschauenden Familien: Männer und Frauen, junge Leute und Kinder. Der Maharadscha von Rewa, ein benachbarter indischer Vasallenfürst, hatte die Prunkelefanten seines Marstalls und eine grobe Schar Berittener für die Festprozession zur Verfügung gestellt.

Die Feier begann mit Aufführung einer Reihe von Szenen aus der Geschichte der Provinz Agra und Audh, nach der Dichtung eines begabten Eingeborenen von Allahabad. Im Mittelpunkt der Szenenfolge stand die Figur Akbars des Großen, des gewaltigen Mogulkaisers, der auch eine Residenz in Allahabad gehabt hat. Eine Hauptszene war Akbars Einzug in Allahabad. Ganz von weitem sah man den glänzenden Zug des Fürsten ankommen: buntgekleidete Läufer, Scharen von Reitern mit reich gezäumten Rossen, Fußvolk mit Lanzen und Bannern, gefolgt von zahlreichen Elefanten mit schweren Decken und buntfarbigen Haudas, die die prunkvoll gekleideten Würdenträger des Mogulhofes trugen. Unter rauschender Musik stampften die schwerfälligen Tiere heran. In ihrer Mitte ein besonders riesiger Elefant mit überaus kostbarem Behang und einer ganz vergoldeten thronartigen Hauda, in der, goldstrotzend, Kaiser Akbar selbst mit seiner Sultanin saß. Vor ihm ein Herold auf dem Hals des Tieres, der mit weitschallender Stimme ausrief: »Seine Majestät Sultan Akbar naht. Akbar der Große, Kaiser von Indien!« Und alles Volk um ihn, die Fahnen schwenkend und mit den Waffen klirrend, wiederholte den jauchzenden Ruf.

Den Schluß machte ein großer Aufzug, der die verschiedenen Länder und Völker des britannischen Weltreiches in einzelnen Gruppen allegorisch darstellte. Jede Gruppe zog einzeln vorüber.

Lange hatte ich von Marglay und ihren Schwestern nichts gewahrt. Jetzt aber kam als eine der Sondergruppen unter den Kolonien Birma an die Reihe, und eine Bewegung ging durch die Zuschauer. Anders als die übrigen, weit zahlreicher besetzten Gruppen, wurde dies Land lediglich durch die drei Prinzessinnen-Schwestern dargestellt. Ganz einfach, aber in zierlichste birmanische Tracht gekleidet, schimmernd in zarter heller Seide, kamen sie langsamen Schrittes herangewandelt, große Blüten im Haar; ihre Sarongs schleppten ein wenig auf dem Rasen nach. Über den Häuptern hielten sie die vielstrahligen, durchscheinenden Sonnenschirme ihres Landes, die ihre Figuren mit einem feinen rötlichen Schimmer überhauchten. Die gerade zum Untergange sich neigende Sonne, die, wie in den Tropen so oft, alles wie mit bengalischem Feuer übergoß, tat ihr übriges, um das Bild der drei zierlichen gelbrötlichen Figuren auf der grünen Fläche vor uns noch reizender zu gestalten. Ihr ruhiger Gang hatte einen so fürstlichen Anstand, wie ihn kein Tanzmeister hätte beibringen können. Und als sie nun bis zu dem Punkt gegenüber der Kronprinzenloge gekommen waren, wo sie wie die andern hätten halblinks sich zur Bühne wenden sollen, uns den Rücken kehrend, da wandten sie sich mit einem Male umgekehrt nach uns zu und führten alle drei zur Loge hin eine tiefe, feierliche, tadellos gelungene Hofverbeugung aus. Dann erst schritten sie gelassen der Bühne zu. Diese offenbar unvorhergesehene Einlage wirkte so überraschend und reizend, das Ganze schien so deutlich zu sagen: »Diesen unsern ganzen Aufzug, Kronprinz, machen wir für dich; für die Masse würden wir uns so nicht gegeben haben; ihr gegenüber gehören du und wir doch zueinander«, daß der Kronprinz ein leidenschaftliches Händeklatschen begann, in das die ganze Versammlung einstimmte. Die drei kleinen Prinzessinnen hatten unbestritten den stärksten Erfolg des Tages.

Noch einige weitere Gruppen folgten und vollendeten, die Bühne ersteigend, das dort allmählich entstehende große Gesamtbild: die Verherrlichung Großbritanniens. Die Musik spielte, die Reiterscharen, die Prunkelefanten, deren elfenbeinerne Stoßzähne jetzt mit angezündeten Lampions behängt waren, sammelten sich zur Schlußapotheose – das Fest war zu Ende.

Der Kronprinz bestieg dann seinen Kraftwagen, hielt aber noch einmal an der Loge der Limbins, um dort den Eltern zum Erfolg der jungen Damen seinen Glückwunsch zu sagen, und verließ den Festplatz. Allmählich begann sich auch das Publikum zu verlaufen. Rosse und Elefanten sollten fortgeführt werden. Da kamen mit einem Male die drei kleinsten Limbinmädel herangestürmt, fielen über mich her wie eine lustige Horde und schleppten mich zum Festplatz hinunter. Drunten stand Marglay in ihrem birmanischen Kostüm, reizender anzusehen als je in ihrer zierlichen Grazie, strahlend im Nachglanz des Erfolges, und nahm lächelnd meine Glückwünsche entgegen.

»War's wirklich hübsch? Haben wir's gut gemacht? Hat es Ihnen gefallen? Das ist schön.« Dann sagte sie:

»Wissen Sie, was ich furchtbar gerne möchte? Ich möchte, daß wir beide einmal auf dem großen Elefanten ritten.«

Ich erwiderte, daß auch ich das ausgezeichnet finden würde, die Möglichkeit dazu jedoch nicht einsähe.

Marglay aber lachte. »Lassen Sie mich nur machen.«

Sie zog mich mit sich zu dem Leiter des Festes, der noch vor der Bühne Anordnungen traf, und sagte zu ihm: »This is Dr. Wegener from the Crownprince's party; *he wants* to ride on the big elephant.« (»Dies ist Dr. Wegener von der Reisegesellschaft des Kronprinzen. *Er möchte* gern auf dem großen Elefanten reiten.«)

So ein Racker!

Der Inder machte sofort eine tiefe Verbeugung und gab die erforderlichen Anweisungen. Der Elefant Kaiser Akbars, der noch die goldene Hauda trug, wurde noch einmal herangeführt, die Leiter angesetzt, beide klommen wir hinauf und setzten uns nun auf denselben Hochsitz, wo vor kurzem der große Mogul und seine Sultana gesessen hatten.

Der Mahaut zwischen den Ohren des Tieres gab das Zeichen, und nun schritt das mächtige Geschöpf, schwer und klirrend in seinem Prunk, mit uns dahin. Marglay war außer sich, wie trunken vom Vergnügen, sie klatschte in die Hände und, den Herold nachahmend, schrie sie jubelnd mit ihrer hellen Stimme einmal über das andere:

»His Majesty! – The Emperor of India! – Akbar the Great!« (S. Majestät! – Der Kaiser von Indien! – Akbar der Große.«)

Ich legte meinen Arm um ihre Hüfte, denn der Hauda-Aufbau wogte im Schritt des Tieres hin und her, und – sie war so reizend. Einen Augenblick fühlte ich, wie das gertenhaft schlanke und biegsame, warme Körperchen unter der dünnen Seide in unwillkürlicher jungfräulicher Scheu sich zurückzog; aber nur einen Augenblick; dann überließ sie sich mir vertraulich. Ich hütete mich wohl, sie fester zu fassen, als aus dem Bedürfnis des Halts erklärlich war, und so ritten wir, im Glanze der letzten Lichter des Festes, miteinander mehrere Male auf dem Rasenplatz hin und her, bis der Mahaut wieder an den Tribünen hielt und ich die kleine Prinzessin zu ihren Eltern zurückführte.

Am folgenden Tage fuhr die kronprinzliche Reisegesellschaft nach Lucknow weiter. –

10. Die rosenrote Stadt

Mit einem Male war das rollende und knatternde Geräusch der Bahn, das den ganzen Tag und die halbe Nacht hindurch das Gehör betäubt hatte, zu Ende, und die plötzliche Stille, die mich umgab, wirkte doppelt stark und eigen. Ich war der einzige Gast, der am Haltepunkt Jaipur, der Hauptstadt des gleichnamigen Staates in der indischen Radschputana, ausstieg. Der Mond war voll, und als ich das dunkle Bahnhofsgebäude durchschritten hatte, empfing mich eine märchenweiße Helle. Von dem weißgelben Sande des großen Vorplatzes und der von ihm ausgehenden Straße wurde der Schein widergestrahlt und umfloß in seltsamem Leben Nähe und dämmrige Ferne. Einige schöne, anscheinend reichgeschirrte Reitpferde standen in der Mitte des Platzes, leise mit den Hufen scharrend, jedes gehalten von einem indischen Soldaten, der, in sich zusammengekrochen, ein dicker, dunkler, lebloser Ballen, am Boden hockte; der schwarze Strich einer langen Lanze überragte den schwarzen Schattenriß. Auf wen sie hier warten mochten, wußte ich nicht, aber ihre Erscheinung mehrte nur das Phantastische dieser totenstillen weißen Nacht.

Jetzt löste sich aus dem Schatten am Bahnhofsgebäude eine dunkle Gestalt ab, kam auf mich zu und nannte mit gedämpfter Stimme – meinen Namen! – – Es war der indische Diener des Gasthauses, an das ich vorher geschrieben hatte; ein Wagen war ebenfalls zur Stelle. Rasch wurde mein Gepäck aufgeladen, und ich rollte in die lichte Mondnacht hinein. Bequem zurückgelehnt in den geräumigen Landauer, der mir in der Verklärung des Mondlichtes wie ein fürstliches Gefährt vorkam, genoß ich mit Entzücken die köstliche Kühle der Nacht und das tiefe Schweigen. Undeutliche Gestalten von kleinen Häusern und Hütten, von Hecken und Bäumen glitten vorbei. Fast lautlos gingen die Räder über den tiefen, weichen, mehligen Staub der Straße; es war, als schwebte ich leise durch die Stille.

Da, plötzlich, ein seltsamer Laut, schmerzerfüllt, wie das Klagen eines Kindes. In langen Schwingungen zitterte er durch die Nacht, ohne daß sich angeben ließ, woher er kam. Und nun noch einmal, noch schneidender, wie ein Ausdruck tiefster Qual und leidenschaftlichen Jammers. Ich war emporgefahren und starrte in die geisterhafte Dämmerhelle ringsum, ohne etwas zu gewahren. Jetzt aber brach ein Höllenspektalel los. Von nah und fern antworteten ähnliche Laute, bald dem Wimmern und Weinen menschlicher Kinder, bald dem Geheul verliebter Katzen gleich, bald so eigenartig gellend und schrill wie nichts anderes auf der Welt. Die Stimmen steigerten sich offenbar im Wettstreit eine an der andern, und das Geheul erfüllte als Klang ähnlich allenthalben die Luft wie der bleiche Mondschein als Licht.

Einen Augenblick – wenn auch nur einen – hatte ich gestutzt, dann erkannte ich das Gelärm. Es waren die Schakale, die kleinen, zwerghaften Wölfen ähnlichen Raubtiere, die nachts um die Gärten und Höfe der indischen Städte streichen und in hellen Mondnächten konzertieren. Überall mußten sie sein, rechts und links vom Wege und auch wohl auf ihm selbst; aber nichts war von ihnen zu sehen, ihre kleinen, grauen Gestalten zerflossen in dem weißen Mondlicht. Nur hin und wieder schien es, als ob man ganz dicht neben dem Wagen eines der Tiere gewahrte, schemenhaft wie ein kleines Gespenst und sich wieder auflösend in nichts, ehe man es fester ins Auge fassen konnte.

Endlich rollte mein Wagen in den großen Vorgarten des schlummernden Gasthauses; ein paar Gestalten mit Laternen kamen und geleiteten mich in mein Zimmer, das, im Oberstock gelegen, sich mit breiter Tür auf eine einsame, mondbeglänzte Terrasse öffnete. Noch lange, noch in den Traum hinein, hörte ich durch die offenstehende Tür das klägliche Heulen der Schakale, das klingt, als verkörpere sich in ihm all der jahrtausendelange, sonst stumm getragene Jammer, den Natur und Mensch in dem bei aller Lichtfülle so düsteren Lande Indien zu erdulden haben, und verschaffe sich eine Stimme der Anklage gegen den ehernen, mitleidslosen Himmel über ihnen. –

Am folgenden Tage war ich früh heraus. Das Gasthaus liegt noch außerhalb der Stadt, etwa anderthalb Kilometer von ihrem nächsten Tor entfernt. Eine Menge ärmlicher brauner Gestalten, meist Frauen und Kinder, kleine flache Körbchen auf dem Kopfe und wenig mehr als ein zerrissenes Tuch um die Glieder gehüllt, eilten zu ihrer harten Feldarbeit.

Bald belebte sich die Straße, auf der ich fuhr, reicher und reicher; sie füllte sich auch mit besser gekleideten Leuten und Wagen aller Art; ich näherte mich dem Stadttor. Schon lange war zur Linken in einiger Entfernung ein mäßig hoher, zierlich mit Zinnen versehener Wall über dem staubbedeckten Grün von Gärten sichtbar geworden, die Stadtmauer von Jaipur. Endlich öffnete sich in einem kastellartigen Vorbau der Eingang, durch den man nicht geradeaus, sondern, wie bei mittelalterlichen Befestigungen Europas auch, in rechtem Winkel in die Stadt hinein gelangt. Man quert zunächst einen großen, mit Befestigungen umgebenen Vorhof und dann erst das eigentliche Tor der Stadt.

Die Wälle, die diesen Vorhof umgeben, sind rosenrot angestrichen, und in dem Rot sind in weißer Farbe allerlei zierliche Arabesken ausgespart, Formen von Blättern und Blüten, Elefantenfiguren oder auch nur dekorative Liniengebilde. Rechts und links vom Toreingang prangen auf der Wand zwei riesige buntgemalte Männer, schnauz- und backenbärtige Krieger mit großem Turban, grimmem Blick und nußknackerartiger Steifheit.

Jetzt rollen wir durch das innere Tor. und nun tut sich eines der merkwürdigsten Städtebilder auf. die es auf diesem Planeten gibt.

Bis zum Anfang des achtzehnten Jahrhunderts war die Hauptstadt des Staates Jaipur die Stadt Amber, deren Ruinen noch heute, von einem der schönsten Schlösser Indiens malerisch überragt, einige Meilen nordwärts von hier zwischen den Bergen liegen. In einer echt orientalischen Laune, wie es heißt, weil er einen Traum von übler Vorbedeutung gehabt, beschloß der damalige Maharadscha Siwai Jai Singh eines Tages, diese Residenz zu verlegen. Sein allmächtiger Wille zwang die ganze Einwohnerschaft, nicht nur ihre bisherigen Häuser im Stich zu lassen, sondern auch die neue Stadt, die er ihnen anwies, ganz nach seinem Wunsche aufzubauen. Sie ist nach einem regelmäßigen Grundriß angelegt; sehr breite, schnurgerade Hauptstraßen durchziehen sie rechtwinklig von einem Tor zum andern, und wo sie sich schneiden, findet sich immer ein großer freier Platz. Die Häuser der Straßenzüge sind ebenfalls nach einheitlicher Formel errichtet, meist zweistöckig, dicht aneinanderschließend und alle in dem gleichen sarazenischen Stil erbaut, mit hufeisenbogigen Fenstern und zierlichem Gitterwerk. Vor allem aber sind sie allesamt rosenrot angestrichen, oder man kann auch sagen, mit einem blassen

Himbeerrot, das der ganzen Stadt den Ausdruck gibt, als sei sie mit Limonade übergossen. Weiße Verzierungen sind überall in der blaßroten Farbe ausgespart. Hier und da unterbricht wohl ein etwas reicherer, zuweilen sogar ein sehr phantastischer Bau mit vielen Fenstern und Erkern die Gleichmäßigkeit der Straßenzeilen, aber auch er zeigt denselben Baustil und ist ganz ebenso rot angemalt. Da die Farben oft erneuert werden müssen, so sind sie fast überall frisch. Wenn ein Kind sich eine Stadt von Kuchen mit rosenrotem Zuckerguß und weißen Verzierungen darauf vorstellen will, dann kann sie ganz so aussehen wie Jaipur.

Vielleicht war es die Absicht des Fürsten, durch diese vergnügte Farbe seinem Volk vor Augen zu führen, daß das ganze Leben unter der Regierung eines solchen Fürsten rosenrot sei. Und wirklich, der erste Eindruck des Innern ist so. Für den Reisenden, der die Stadt zum ersten Male betritt, bietet Jaipur ein Bild des heitersten, sonnigsten und rosigsten Daseins, das sich denken läßt. Zu beiden Seiten des gutgepflasterten Mittelweges der Straße ziehen sich die Häuser entlang breite, durch einen fortlaufenden Bordstein abgesonderte Streifen, die tennenartig geglättet und abgeteilt sind. Das sind die offenen Verkaufsplätze der Basare. Große Haufen von Korn, von Gemüsen, von Früchten aller Art sind auf ihnen aufgeschichtet, und eine kaufende Menge drängt sich feilschend darum. In leuchtende Farben sind die braunen Gestalten der Bewohner gekleidet, die nach indischer Gewohnheit sich regellos über den Straßendamm verteilen, so daß es in belebten Straßen immer wie ein Volksauflauf aussieht. Zahlreiche Wagen rollen mit lebensgefährlicher Geschwindigkeit dazwischen hindurch. Die Kutscher schreien die nicht rasch genug Ausweichenden an, Ausrufer preisen ihre Waren; hier folgt uns eine Schar Backschisch heischender Kinder, dort tönt das Quälen eines einheimischen Musikinstrumentes. Ein wimmelndes Leben überall, an dem hier fast noch mehr als sonst in Indien die Tiere ihren Anteil haben. Frei trotten die heilig gehaltenen Kühe allenthalben durch die Straßen und mischen sich in das dichteste Gewühl der Menschen. An gewissen Stellen schütten ihnen reiche Bürger Futter hin, ein der Gottheit wohlgefälliges Werk; da drangen sie sich dann in Haufen auf dem Fahrdamm und weichen nur langsam unserm Wagen, oder vielmehr unserm vorauseilenden buntgekleideten Läufer aus. Auf den Zinnen der Dächer sieht man possierliche Affen herumturnen, und reizende grüne Papageien flattern dort hin und her. Wo die großen Hauptplätze sich ausdehnen, haben seit alter Zeit die Tauben ihre Futterplätze und zierlich in Stein gehauenen Tränkstätten; sie sitzen dort und picken in nach Hunderten und Tausenden zählenden Scharen. Wenn wir vorüberkommen, scheucht sie wohl ein auf unsern Backschisch rechnender Eingeborener auf, und wie eine blaugraue Wolke erfüllen sie, flügelrauschend den Platz.

Jetzt tönt ein fernes rhythmisches Klingen von hellen Glocken. Über den Häuptern des niedrigen Gewühls der Straße werden in der Ferne riesige Gestalten sichtbar wie wandelnde Berge. Das sind die Elefanten des Maharadscha. Langsam kommen sie heran, mit dem ernsthaft würdevollen Schritt dieser herrlichen Tiere. Sie tragen buntgesticktes Sattelzeug, von dem lange Glocken an Riemen frei herabhängen und unter ihrem Bauche hin und her schwingen. Aber auch ihr Körper ist in bunten Farben bemalt, gelb und rot und blau in sonderbaren Schnörkeln; und die breiten Ohren schüttelnd, schreiten sie langsam an uns vorüber.

All das bunte Gewühl dieser rosenroten Stadt ist aber im letzten Grunde nur gedacht als der glanzvolle Rahmen für die Herrlichkeit des Fürsten. Inmitten der Stadt selbst liegt sein Palast. Nicht ein einzelnes, mächtig aufragendes Gebäude, sondern eine ungeheure Sammlung von Häusern und Höfen, von denen man von außen nichts gewahrt, als daß mitten in die Zeile der Bürgerwohnungen sich da und dort ein Bauwerk einschiebt, dessen Grundfarbe nicht rot, sondern gelb ist. Gelb ist die Sonnenfarbe, die dem Fürsten allein vorbehalten ist für seine Bauten, und diese gelben Gebäude sind die Toreingänge seines hinter den Straßenzeilen verborgenen Palastes.

Durchschreiten wir eines, so ist das bürgerliche Gewühl der Stadt hinter uns versunken. Eine endlose, schwer zu entwirrende Folge von Baulichkeiten dehnt sich vor uns aus, die ganz dem Maharadscha und seinem Haushalt dienen. Da sind die Räume seines Marstalls, wo in kaum übersehbaren Fluchten von Ställen die vielen Hunderte seiner Rosse stehen. Ein anderer Hof birgt die Elefanten. Köstlich ziselierte, wie Gold glänzende Messingtore, die sich nur für den Fürsten selbst öffnen – der Fremdling wird durch eine Nebentür geleitet –, schließen einen der inneren Höfe, wo große offene buntgemalte Hallen mit Spiegeln, Sesseln und schweren Sonnenvorhängen für die Audienzen und Empfänge verschiedener Art erbaut sind. Zu dem Wunderlichsten, was man auf der Erde sehen kann, gehört ein weitläufiger Hof, das Observatorium genannt, wo derselbe Vorfahr des gegenwärtigen Fürsten, der die Stadt Jaipur gebaut hat und der zugleich die Astronomie aus Liebhaberei übte, sich eine ganze Reihe der seltsamsten, für den Laien meist durchaus unverständlichen astronomischen Instrumente zur Bestimmung von Polhöhen, Sonnenzeiten, Sternörtern und dergleichen hat bauen lassen. Man hat zunächst den Eindruck eines umgekehrten Kinderspielzeugs. Wie ein spielendes Kind sich so etwas im Miniaturformat herstellen würde, so ließ sich, scheint es, der Sultan dies in einem phantastischen Riesenmaß und aufs kostbarste in schwerem Mauerwerk und Marmor ausführen. Da ist zum Beispiel eine gigantische Sonnenuhr, deren Schattenwerfer ein aufrechtstehendes Mauerdreieck von 27 m Höhe ist. Der Schatten der Sonne wandert den Tag über auf einem riesigen, aufrechtstehenden Mauerhalbkreis von solcher Größe entlang, daß er stündlich etwa 4 m zurücklegt, so daß der fürstliche Astronom das Vergnügen hatte, ihn mit bloßem Auge bequem fortrücken zu sehen. Die in den Erdboden eingelassenen Marmorschalen, auf deren eingerritztem Gradnetz man die Stellungswinkel der Sonne und des Mondes durch einen darauf geworfenen Schatten abliest, haben Durchmesser von mehreren Metern. Es handelt sich aber doch bei der Wahl dieser Riesenmaße nicht ganz um eine Spielerei; Fachleute haben mir gesagt, daß die Größe dieser Instrumente manche astronomische Beobachtung ermöglichte, die der Stand der damaligen Herstellung optischer Instrumente, zumal in Indien, noch nicht gestattet hätte.

Den Mittelpunkt des ganzen Palastes bilden mächtige, dichtwipflige Gärten, in deren Innerm man einsam wie im Walde ist. Nur die zinnengekrönten Höhen des alten, auf einem steilen Berge vor der Stadt gelegenen »Tigerforts« schauen über die Wipfel herein. Große bunte Pfauen schreiten neben uns her durch das Gebüsch.

Kostspielige, weitgeleitete Wasserwerke und Hunderte von Springbrunnen, die zu besonderen Festzeiten spielen, nehmen die inneren Teile des Gartens ein. Als Hintergrund ihrer Schauanlage baut sich das Allerheiligste dieses ganzen Schlosses vor uns auf, Tschandra Mahal, der eigentliche Wohnpalast und zugleich die »Zenana« oder der Harem der Frauen des Sultans; ein hohes neunstöckiges Bauwerk mit luftigen Galerien und graziösen Erkern. Es ist uns, als Frauenhaus, natürlich besonders unzugänglich; nur von fern kann das Auge dort, wo das untere Stockwerk in breiten Hallen sich auf eine Marmorterrasse öffnet, in die geheimnisvolle Purpurdämmerung kostbarer Stoffe und seltsamer Geräte hineintauchen.

Verfolgen wir die Wasserwerke bis zum entgegengesetzten Ende des Gartens, so kommen wir zu einem großen algengrünen, schlammigen See, den hohe Mauern umfriedigen. Das ist der Krokodilteich des Maharadscha. Der uns begleitende Diener stößt einen dumpfen Ruf aus, und siehe, da bewegt sich's in dem grünlichen Schlamm. Was wir etwa für alte Baumstämme gehalten, schwimmt langsam heran zum Fuß der Treppe, auf der wir stehen, und schnappt, mit riesigem, zähnestarrendem Rachen klappend, nach den Bissen rohen Fleisches, die ihm zugeworfen werden.

Auch dieser Krokodilteich ist eine Schattierung, die wohl in das phantastische Gemälde dieses indischen Fürstenhofes paßt. Es heißt, daß zwischen ihm und dem prunkvollen Haremsgebäude gegenüber zuweilen recht unheimliche Beziehungen walten; ähnliche wie zwischen dem Serail des Großherrn von Stambul und dem Bosporus, in den zuweilen nächtlicherweile ein zugebundener Sack hineinplumpsen soll; und daß er somit wesentlich dazu beiträgt, die Tugend in jenen heiligen Hallen zu fördern, wo man die Rache sehr wohl kennt.

Mindestens war das früher so, wie man bei solchen Geschichten als vorsichtiger Mann hinzufügt.

11. Ein Volksfest in Bangkok

Auf dem Menam, dem Hauptstrom Siams, flußaufwärts war ich nach der einzig großen Stadt im Lande des weißen Elefanten, dem königlichen Bangkok gelangt. Diese Stadt vereinigt mit mehr als 600 000 Einwohnern wohl ungefähr den zehnten Teil der ganzen Bevölkerung Siams und nahezu alles in sich, was das heutige Siam an bemerkenswerten Kulturleistungen aufzuweisen hat.

Um ½ 4 Uhr, nach der großen Mittagshitze, führte mich ein kleiner Kutschwagen europäischer Form, wie sie in Bangkok üblich sind – ein brauner Siamesenjunge mit kecken, schwarzen Augen auf dem Bock und zwei ganz unglaublich winzige Ponys davor –, in flottem Trabe durch die Stadt.

Reichlich eine halbe Stunde fuhr ich so durch langgestreckte Straßenzüge, die mich mehr an eine jugendliche amerikanische Stadtanlage, als an meine romantischen Erwartungen vom »Land des weißen Elefanten« erinnerten. –

Da endlich zeigte sich doch ein Blick, der mich vergewisserte: nein, das ist nicht das nüchterne Amerika, das ist auch nicht diesem ähnlich oder jenem; das ist etwas Einzigartiges, ist eben »Siam«. Eine seitwärts abbiegende, sehr breite, sehr schön gehaltene Fahrstraße mit lateritrotem Fahrdamm streckte sich schnurgerade weit in die Ferne. Zur Rechten lagen hinter großen freien Plätzen einige weitläufige Bauten mit Rampen und Säulen europäischen Stils: Ministerien und Gerichtsgebäude. Zur Linken lief aber eine mit Zinnen und seltsamen Torbauten versehene Mauer, die Umwallung der Palaststadt des Königs. Blendend weiß gestrichen, strahlte diese Mauer wie frisch gefallener Schnee in der grellen Tropensonne. Über sie aber ragte ein schier unentwirrbares buntes Gewimmel von seltsam geformten Dächern, Giebeln, Spitzen und Zacken empor, in hundert Farben funkelnd – oder ganz und gar in leuchtendem Gold.

Die Eingangspforte zur Königsstadt öffnet sich dem Fremden nur auf eine besondere Erlaubnis des siamesischen Ministeriums des Auswärtigen. Ich mußte ihren Besuch daher auf eine spätere Zeit verschieben. Zudem fesselte mich jetzt auch ein anderer Anblick. Die schöne breite Straße, auf der ich fuhr, war offenbar nicht in ihrem gewöhnlichen Zustande, sondern trug einen festlichen Charakter. In kleinen Abständen ragten zu ihren beiden Seiten mastenartige Stangen empor, die einen eigentümlichen und reizenden Festschmuck trugen. Sie wuchsen über einem flachen, zierlichen Gitterwerk empor, das aus buntbemalten Latten gebildet war und rechts und links den Weg begleitete. Vergoldete Blätter aus Metall hingen lose zwischen seinen Maschen und bewegten sich leise im Windzug.

Weiter hinten in der Ferne, wohin diese Feststraße lief, erhob sich aber unerkennbar noch reicherer Schmuck. Und während ich, von meinem unruhigen Gefährt absteigend, eine photographische Aufnahme der Straße machte, rollte Wagen auf Wagen in raschem Trabe an mir vorüber, jener Ferne zu. Offiziere der siamesischen Armee, in geschmackvollen, den europäischen nachgeahmten Uniformen, saßen darin, die Brust mit Orden übersät. Andere schienen Minister oder Prinzen in goldgestickten Paradetrachten zu sein. Kurz, ich konnte nicht mehr zweifeln, daß dort hinten etwas ganz Bedeutsames vorgehen müsse. Wieder eingestiegen, trieb ich meinen Rossebändiger zur Eile an und gelangte nach wenigen Minuten zu einem der überraschendsten Bilder, die ich je gehabt habe.

Vor mir dehnte sich ein riesiger, wohl einen halben, Quadratkilometer großer, freier Raum aus. Die Straße lief mitten hindurch; rechts und links schlossen sich weite Rasenflächen an sie an. Dies Ganze war ein einziger Festplatz, dessen Anblick ich mit einigen wenigen Worten nicht schildern kann. Der Leser möge ihn mit mir durchwandern, wie ich ihn selbst durchwandert habe. Um aber die ganze Wunderlichkeit des Eindrucks mitzuempfinden, möge er bedenken, daß ich so gut wie keine Ahnung hatte, um was es sich hier handelte, daß ich zunächst keinen Führer besaß, der mich zurechtweisen konnte, und daß ich auch nicht ein Sterbenswörtchen der Landessprache verstand.

Ich ließ meinen Wagen auf der großen Mittelstraße, wo ich auch die übrigen Ankömmlinge ihre Wagen verlassen sah, halten und wandte mich zu Fuß der rechten Hälfte des Festplatzes zu. Abgeschlossen wurde dieser im Hintergrunde durch eine Dekoration von überraschender Schönheit und Großartigkeit. Zwölf riesenhafte, wohl zwanzig Meter hohe Pfeiler aus Eisengitterwerk schossen in ungemein schlanker, eleganter Form in die Luft, oben noch einen zierlichen, pavillonartigen Aufbau tragend. Sichtlich waren es mächtige Illuminationskörper, denn sie waren, wie ich beim Näherkommen erkannte, von oben bis unten wie mit elektrischen Glühbirnen besetzt. Schnüre von Glühbirnen schwangen sich in der Höhe wie Festons von einem Pfeiler zum andern, oder liefen strahlenförmig von oben hinab zum Boden. Das Ganze war höchst graziös und monumental zugleich entworfen und übertraf an vornehmer Wirkung unfraglich alles, was ich bisher zu Hause an Festbeleuchtungsgerüsten gesehen habe.

Am Fuß dieser Pfeiler zog sich eine lange Reihe kleiner überdachter Schaubühnen jahrmarktsmäßigen Charakters hin, um die sich die bunte Menge der Eingeborenen, die den Platz erfüllten, neugierig herumdrängte. Die Buden waren auf Pfählen errichtet, so daß die Vorgänge etwa in Manneshöhe über dem Fußboden für jedermann bequem sichtbar wurden.

Langsam wanderte ich von Bude zu Bude. Hier sah ich siamesische Tänzerinnen, die bei einer fremdartigen Musik von eintönigem Rhythmus ihre Bewegungen ausführten. Die Mädchen waren durchweg sehr jung. Die Gesichter waren aschgrau gemalt, so daß die Augen und die roten Lippen wunderlich darin abstachen. Ihre Tracht war bizarr und doch eigentümlich geschmackvoll. Die dicht an den Körper gepreßten Miederchen von einem glänzenden blauen, grünen oder roten Grundstoff, der in verschwenderischer Fülle mit Goldborten und Goldflittern bestickt und benäht war. Goldglänzende, tiaraartige Helme mit pyramidisch aufsteigenden Spitzen trugen sie auf den Köpfen, Armbänder und Ringe überdeckten Arme und Finger.

In einer andern Bude sah ich einige halbwüchsige Jungen in komisch aufgeputzter Kleidung, die Backen und Nasen clownartig mit blauen und grünen Farbenflecken betupft hatten, lächerliche Prügelszenen aufführen. Mehrfach kehrten Buden wieder, deren Zweck ich zunächst nicht verstand. Ein weißer, durchscheinender Vorhang hing in ihnen hernieder. Es waren, wie ich später kennen lernte, Schattenspieltheater, in denen nach Einbruch der Dunkelheit mit schwarzen Silhouettenfiguren Aufführungen gemacht wurden. Ja eine der Buden enthielt nichts anderes als ein leibhaftiges Kasperletheater, mit ganz ähnlichen Puppen, wie wir sie auf unsern Jahrmärkten haben.

Höchst fesselnd war der Anblick der Volksmenge selbst, die sich auf dem Rasenplan vor diesen Schaubuden bewegte. Erst gegen Abend, mit dem Schwinden der großen Tageshitze, schienen diese Vorstellungen begonnen zu haben. Das Volk – bei dem die Einführung des achtstündigen Arbeitstages zweifellos eine sehr unliebsame Maßregel sein würde, denn im allgemeinen begnügt es sich mit sehr viel weniger Tätigkeit – kam jetzt gemütlich von seinen Häusern und Werkstätten herangeschlendert und füllte in zwanglosen Gruppen ruhig und harmlos fröhlich den Festplatz. Hier wanderten schlanke, braungliedrige, barhäuptige Männer, um die Hüften ein weißes oder farbiges Tuch geschlungen, das zwischen den Beinen durchgeführt wird und diese fast bis zum Knie wie ein Paar weiter Hosen mit bedeckt. Hier junge und alte Frauen, zu dem ähnlichen Hüftkleide noch ein buntfarbiges Brusttuch tragend, das die oft volle, schöne Brust nur etwa so weit sichtbar werden läßt, wie unser gewöhnlicher Ballausschnitt. Die siamesische Frau ist durchschnittlich klein, aber kräftig von Wuchs, besonders in den Hüften, ihre Hautfarbe ein sehr schönes Hellbraun. Das Haar trägt sie – abweichend von allen mir sonst bekannten Völkern der Erde – nicht lang, sondern so kurz abgeschoren, daß es, durch besondere Mittel gepflegt und gesteift, bürstenartig emporsteht. Die Gesichter sind oft sehr anmutig, besonders durch ihren freien, liebenswürdigen Ausdruck. Schade nur, daß die für unser ästhetisches Empfinden so scheußliche Sitte des Betelkauens den Gaumen und die ursprünglich schönen, gesunden Zähne dunkelrot und schließlich schwarz färbt. Wenn die Siamesin die Lippen öffnet, ist ihr Reiz für uns vernichtet: der Mund erscheint dann wie ein häßliches schwarzes Loch in dem Gesicht. Manche der Männer tragen auch farbige Jacken, andere Hüte verschiedener Form. Hier hocken Gruppen nach landesüblicher Sitzart auf dem Boden, dort trottet ein Reiter auf kleinem Pony durch die Reihen. Wie grelle Lichtflecke glänzen überall im Gewühl die buddhistischen Mönche, die sich in erstaunlichen Mengen zwischen dem Voll umherbewegen; denn ihre Tracht ist ein langer Überwurf aus hellgelbem Stoff, den sie ganz in dem malerischen, die rechte Schulter freilassenden Faltenwurf der alten Römertoga tragen. Abweichend von diesem antiken Bilde ist nur, daß die nackte Rechte mit einem schwarzen europäischen Regenschirm, aller Wahrscheinlichkeit nach made in Germany, bewaffnet ist.

Die weiche, immer goldtöniger werdende Abendsonne übergoß die bunten, durcheinanderflimmernden Farben auf der Wiese mit einem zarten, einheitlichen Licht und verschmolz ihre Kontraste zu einer wunderbaren Harmonie.

12. Siamesisches Theater

Nun wanderte ich über die breite Mittelstraße zur andern Hälfte des Festplatzes hinüber, wo sich noch weit dichtere Menschenmassen auf dem Rasen unter herrlichen hochwipfligen Bäumen tummelten. Hier wurden lange pantomimische Theaterstücke von zahlreichen Personen ausgeführt. Die geräumige Bühne pflegte eine wilde Felslandschaft zu zeigen, die aus bemalter Leinwand und Gips oder Lehm plastisch modelliert war. Zwei Türen, rechts und links angebracht, durchbrachen diesen Hintergrund und gaben den Schauspielern Gelegenheit zum Erscheinen und Verschwinden. Eine rotgefärbte Schranke teilte, der Vorderkante parallel laufend, den Bühnenraum der Länge nach in zwei Teile, und die Tätigkeit der Darsteller bestand nun darin, daß sie zu einer Tür hereintretend, in langsamer Prozession immerfort um diese Barriere herumwandelten, so daß sie sich also bald davor, bald dahinter befanden. Von Zeit zu Zeit verschwanden sie dann durch die andere Tür, um durch neue Figuren ersetzt zu werden oder auch binnen kurzem wieder zu erscheinen und ihren seltsamen Lebenswandel von vorn zu beginnen. Was sie mit ihren pantomimischen Bewegungen ausdrückten, verstand ich natürlich nicht. Es soll sich in den meisten derartigen Fällen um dramatisierte Vorführungen alter mythologischer Epen, vorwiegend der indischen Literatur, handeln. Stilisiert, wie dies ganze Auftreten, waren auch Kleidung und Bewegungen. Man sah keinerlei gegenwärtige siamesische Trachten, sondern wunderlich bunte Typen, wie herabgestiegen aus alten Tempelgemälden: Göttergestalten mit fremdartigen, goldflitter-überladenen Fabelgewändern, Ritter in Panzern und strotzend von Waffen, die Gesichter dick verschminkt oder ganz verborgen unter grotesken Masken mit Hörnern, mit aufgestülpten Nasen und bis zu den Ohren verzerrtem, zähnfletschendem Munde. Die Masken waren teils grün, teils rot gefärbt, teils ganz vergoldet. Mit langsamen, ruckweisen Schritten bewegten sich die Personen, unter Fingerspreizen und andern seltsamen Verrenkungen, unter kriegerischen, aber stilvoll abgemessenen Kämpfen und dergleichen, dahin. Auch ein Affengott mit langem Schwanz – wohl der berühmte Hanuman der indischen Mythologie – erschien von Zeit zu Zeit und brachte mit seinen wilden Sprüngen den erforderlichen klassischen Humor in die feierliche Haupt- und Staatsaktion.

Aber auch die bescheidenste Kleinkunst war vertreten. Auf kleinen Tischchen wurden hier und dort Figürchen gezeigt, dem Spielzeug für Kinder und Erwachsene ganz ähnlich, das auf den Asphaltstraßen unserer Großstädte von fliegenden Händlern verkauft wird. Elefanten mit nickendem Rüssel, Reiterchen zu Pferde, Fußgänger in allerlei Trachten bewegten sich, durch verborgenen Mechanismus getrieben, im Kreise umher, und ein staunender Kreis von Zuschauern, der das gewiß hundertmal gesehen hatte, stand darum herum – ganz wie bei uns.

Hier und dort wurde auf Bänken oder in Buden allerlei Konfekt, süßes Gebäck und buntfarbiges Getränk verkauft, und Musikbanden ließen ihre Weisen ertönen. Je weiter die Sonne zur Rüste ging, je tiefer das Goldlicht ihrer schrägen Strahlen wurde, um so dichter, um so buntfarbiger wurde das Gewühl der Menschheit, die von ihrer Tagesarbeit oder auch von der Siesta in den heißen Nachmittagsstunden sich einfand.

Besonders fiel jetzt neben den zitronengelben Roben der Mönche eine Anzahl ganz und gar in brennendes Scharlachrot gekleideter Männer auf, die mit Musikinstrumenten herankamen. Scharlach ist die Farbe der königlichen Diener. Auch rote Mützen trugen sie, so daß sie wie die leibhaftigen Prinzen von Arkadien aus dem »Orpheus in der Unterwelt« herumliefen.

Zu diesem allen trat endlich eine Menge ganz weiß angezogener Personen, die einzeln oder in Gruppen herbei-

wanderten. Sie trugen frisch gewaschene weiße Tropen-
jacken mit Knöpfen, darunter in weiß den hosenartig
aufgesteckten Hüftschurz der Siamesen, an den
freibleibenden Unterschenkeln weißseidene Strümpfe und
endlich offene Schnallenschuhe. Die Brust hatten sie in der
Regel übersät mit buntfarbigen Orden; das Hübscheste an
ihnen aber waren breite weißseidene, kostbare Gürtel, die
sie um den Leib trugen, ein jeder verschieden, aber stets
sehr geschmackvoll, mit Arabesken aus Gold- und Silber-
fäden bestickt.

Einer dieser Männer, der mich als Fremden hier mit ver-
wunderten Blicken herumirren sah, ein alter Herr mit
großer Brille, kam auf mich zu und redete mich in einem
durchaus leidlichen Englisch an. Mit einem unverkennbaren
Stolz unterrichtete er mich; diese weißen Männer mit den
Gürteln seien, wie er selbst, alles Mandarinen aus den ver-
schiedensten Teilen des Königreiches, die der großen,
königlichen Begräbnisfeierlichkeiten halber sich in der
Hauptstadt aufhielten und sobald sie beendigt seien, wieder
dorthin zurückkehren würden. In liebenswürdigster Weise
gab er mir dann sowohl jetzt gleich, wie im Laufe des
Abends, währenddessen ich ihm noch mehrmals begegnete,
eingehende Erklärungen der Dinge, die ich sah, so daß
diese Bekanntschaft mir sehr wertvoll wurde. Ich traf ihn
auch an späteren Tagen noch öfters, und immer beeilte er
sich, mit landesüblicher Zuvorkommenheit mir die Honneurs zu machen.

13. Festliche Prinzenverbrennung

Zunächst verständigte er mich darüber, was denn eigentlich hier vorging. Eine der seltsamsten Völkersitten, die es geben kann, gewährte mir das Reiseglück, mit anzusehen. Ich kam gegenwärtig in Bangkok, rein zufällig, zu dem größten und eigenartigsten aller Volksfeste, die das festereiche Siam kennt und das durchschnittlich nur alle 12, 15 oder gar 20 Jahre vorzukommen pflegt, nämlich zu – ja, wie soll ich sagen? – zu der Ramschverbrennung königlicher Prinzen.

Die Bestattungsarten, die Siam seit alters her geübt hat, sind verschieden; auch das Fressenlassen der Leichen durch Hunde und Aasgeier ist darunter. Die gestorbenen Angehörigen des königlichen Hauses aber, so erzählte mir der alte Herr mit den seidenen Strümpfen, werden verbrannt. Indessen, da die Sache ziemlich kostspielig ist, nicht sogleich und nicht einzeln, sondern man hebt sie zunächst auf, indem man sie in hockender Stellung einbalsamiert, und zwar dadurch, daß man ihre Adern mit Quecksilber füllt. So wartet man, bis ihrer eine größere Anzahl beieinander sind.

Dann werden sie unter großartigen, wochenlang dauernden Festlichkeiten verbrannt; unter Festlichkeiten, bei denen die ganze Begabung der Siamesen für solche Veranstaltungen zur Entfaltung kommt. Ein prachtvolles Krematorium wird gebaut; alle Würdenträger müssen zusammenkommen und in Galatracht den feierlichen Verbrennungen beiwohnen, die dann – alle paar Tage ein oder mehrere Prinzen – unter persönlichem Beisein des Königs stattfinden. Diesmal waren die Feierlichkeiten ganz besonders bedeutend, da der vor drei Jahren verstorbene Kronprinz des Reiches sich mit unter den Mumien befand. Während der ganzen Zeit, die oft viele Wochen dauert, wird das Volk mit Schaustellungen, Musik, Geschenken und nächtlichem Feuerwerk unterhalten. Eine Hauptrolle spielen die feierlichen Prozessionen. Die zu bestattenden Körper werden in prachtvollen Wagen, die gleich heiligen Schiffen geformt sind, zum Krematorium hingeführt. Hier werden sie in ihrer sitzenden Stellung an einem darunter angemachten Feuer, das allein durch Stückchen wohlriechenden, überdies vergoldeten Sandelholzes genährt wird, langsam verbrannt. Während dieses Vorganges muß die höchste Feierlichkeit bewahrt werden. Die hohen und höchsten Würdenträger ziehen in ernstem Zuge daran vorüber, und jeder hilft die heiligende und reinigende Flamme durch die Opfergabe einer geweihten Räucherblume nähren, die er in das Feuer wirft. Auch angesehene Europäer werden zu dieser Defiliercour zugelassen; von den in Bangkok ansässigen und irgendwie mit dem Hofe in Verbindung stehenden wird ihr Teilnehmen sogar erwartet. Frack und Zylinder ist dabei vorgeschrieben.

Da ich beides nicht anhatte, konnte ich leider dieser intimsten Zeremonie selbst, die in einer halben Stunde vor sich gehen sollte, trotz der Bereitwilligkeit meines Führers, mir Zutritt zu verschaffen, nicht beiwohnen.

Zunächst zeigte mir mein freundlicher Mentor in einem großen offenen Holzhause, das am Festplatz stand, die prachtvollen Festwagen, mit denen die heut zur Verbrennung kommenden Leichen einige Tage zuvor nach dem Krematorium übergeführt worden waren. Die Wagen hatten die Gestalt von goldenen Barken; ihre schön geschweiften Grundformen waren über und über mit üppig wucherndem, reichvergoldetem Schnitzwerk bedeckt.

Dann führte er mich einige Minuten weit zu einem kleinen, für ferner stehende europäische Zuschauer eingerichteten Pavillon, wohin ein Diener mir einen europäischen Stuhl brachte, und empfahl mir, von hier aus die Ankunft des Königs mit anzusehen, der binnen kurzem zur Verbrennungsfeierlichkeit kommen werde.

Von meinem Beobachtungsposten aus sah ich über eine Fahrstraße hinweg zu einem großen, eingezäunten Platze. Das weiß gestrichene Gitterwerk, das ihn umgab, war mit unzählbaren kleinen gläsernen Öllampen besetzt, die in hübschen Mustern angeordnet waren. Ähnliche weiß gestrichene Lattenwerke mit Lämpchen liefen neben der ganzen Fahrstraße her und bildeten auch sonst noch hier und dort und überall weit sich hinziehende Gitter. Wenn alle diese Lämpchen in Brand gesetzt wurden, mußte eine ebenso originelle wie hübsche Wirkung herauskommen.

Neben ihnen gewahrte ich noch allerlei andere Gerüste. So namentlich in nahen Abständen stehende, wohl fünfzehn Meter hohe Stangen, die mit eigentümlichen Gebilden aus korb- oder ballonförmig zusammengebogenen schmalen Stäbchen besetzt waren. Wir werden sehen, wozu sie dienten.

Auf der einen Langseite des umzäunten Platzes, der vom Publikum freiblieb, stand ein langgedehnter, nach vorn offener Holzbau, dessen Innenwände mit purpurfarbenen Stoffen ausgeschlagen waren. Ein von vergoldeten Baldachinbauten überdachter, aus der Rückwand vorspringender erhöhter Sitz, augenscheinlich ein königlicher Thron, teilte ihn in zwei Teile. In diesem Pavillon sammelten sich auf der einen Seite in immer dichteren Massen die siamesischen Würdenträger in ihren malerischen, mit Orden übersäten Trachten, größtenteils in Equipagen heranrollend: auf der andern, mir entfernteren Seite die Damen der siamesischen »Gesellschaft«, durchweg in Weiß gehüllt, die Füße ebenso wie bei den Männern mit weißseidenen Strümpfen und Schuhen bekleidet. Noch suchte ich zu ergründen, was hier geschehen solle, als mein Mentor noch einmal von jenem Pavillon, in den er sich selbst begeben hatte, herüberkam und mir sagte:

»Der König!«

Ich erwartete, den König von Siam nun in irgendeinem fabelhaften Aufzug mit Musik, Fahnen und Elefanten aus seinem Märchenpalaste kommen zu sehen. Aber siehe, Seine Majestät Tschulalongkorn I. zeigte sich vollkommen europäisch modern, er rollte in einem durchaus einfachen Landauer heran. Nur ein Diener saß vorn auf dem Bock neben dem Kutscher, zwei andere standen hintenauf, von denen einer den wallenden Federbusch eines königlichen Jägers trug; alle Bediensteten waren in das königliche Scharlachrot gekleidet. Der König selbst, eine mittelgroße Erscheinung mit ernstem, sympathischem Gesicht, trug einen Sonnenhelm und eine einfache europäische Uniform. Das Volk verhielt sich bei seiner Vorüberfahrt ehrerbietig, aber ruhig; es war offenbar gewöhnt, seinen König wie einen Vater oft unter sich zu sehen.

Dem Wagen des Königs folgte ein ähnlicher mit der Königin; nicht seiner einzigen Gattin – er sollte deren mehrere hundert haben nebst einer entsprechenden Anzahl von Kindern, eine Tatsache, die erst die Menge der zu verbrennenden Prinzen erklärt –, wohl aber seiner Hauptfrau. In zwei weiteren, ziemlich einfach bespannten Wagen folgten, zu je vieren zusammen, kleine, weißgekleidete und dunkelhäutige Prinzen und Prinzeßlein und dahinter in einer Reihe anderer Wagen eine Auslese königlicher Haremsdamen.

Die ganze Schar zog langsam an mir vorüber und verschwand am Ende der Feststraße in dem Tempelhof, der das große Krematorium umgab.

Es war gerade um die Zeit, da die Sonne sank, und während der Hof dort seine feierlichen Handlungen verrichtete, begannen Hunderte geschäftiger Diener auf dem riesigen Festplatze die Illumination. Die Tausende und Tausende der kleinen Lämpchen an den weißen Gittern wurden angezündet und verwandelten diese Umzäunungen zu schimmernden Lichtmauern. In den verschiedenen Fest-

pavillons leuchteten mit sanftem Schein elektrische Glühbirnen auf. Nur der große Pavillon mit dem königlichen
Thronsitz blieb eigentümlicherweise unbeleuchtet. In der
Ferne, am andern Ende des Festplatzes, wo die zwölf
eisernen Riesenkandelaber standen, die ich früher
geschildert habe, entfesselte sich mit einem Schlage das
entzückende Schauspiel, sie nun als lichtstrahlende Säulen
in den dunkelnden Himmel emporsteigen zu sehn. Schnüre
leuchtender Perlen zogen sich jetzt als Festons von einer
Spitze zur andern oder führten in sanftem Schwunge zur
Erde hinab.

Kaum zwanzig Minuten verweilte der König und sein
Gefolge in dem Krematorium, dann kamen sie wieder
zurück; König und Königin, diesmal aber in ganz altertümlicher, einheimischer Weise, in goldenen Tragsänften, die
wie Schiffchen gestaltet waren. Mit ihrem Wiedererschein-
en entfaltete sich die Illumination zu ihrem Höhepunkt.
Alle Lämpchen brennen jetzt und übergießen den ganzen
Festplatz mit einem warmen, sanften Licht. An den ver-
schiedensten Stellen, nah und fern, flammen bewegliche
Sonnenräder auf, Raketen eigentümlicher Art, wunderlich
in der Luft herumflirrende Schwärmer, bengalische Flammen u.a.m. Nun erkenne ich auch die Bedeutung jener
merkwürdigen hohen Stangen zu beiden Seiten der Feststraße. Sie sind von unten bis oben mit Feuerwerkskörpern
besetzt. An einer nach der andern wird unten Feuer
eingelegt; im Nu schießt es wie eine kletternde Schlange bis
hinauf in die höchste Spitze; die vorher zu ballonartigen
Gebilden zusammengebogenen Stäbchen, die von der Stan-
genachse ausgingen, lodern ebenfalls auf, lösen sich dabei
an ihrem oberen Ende los und breiten sich nach allen Seiten
aus wie eine prachtvolle Blumendolde; weiße Flammen-
blüten an ihren Enden, schwanken sie, von der Spannung
befreit, elastisch noch lange auf und nieder, und das Ganze
erscheint wie ein riesiger märchenhafter Lilienschaft, der
phantastisch glühend gegen die Steine emporwächst.

Der König hatte jetzt in dem Pavillon auf seinem Thron Platz genommen. Vor ihm stand ein Gefäß, dem er unausgesetzt mit spitzen Fingern etwas entnahm, was ich bei der Dunkelheit im Pavillon nicht erkennen konnte, um es mit ruckweisen Bewegungen unter die neben dem Thronsitz versammelten Höflinge zu werfen. Ich erfuhr von meinem Mentor, der zur Zeit selbst unter den Hofleuten dort weilte, daß es kleine Orangen waren, in denen nach alter Sitte Geldstücke versteckt sind: kleinere und größere Silbermünzen, zeitweilig auch Goldstücke. Mit ernstestem Gesicht, in langsam abgemessener Weise, zielte der König mit ihnen bald hier- und bald dorthin, bald nah, bald fern. Derjenige Hofmann, dem der Wurf galt, sprang von seinem Sitze in die Höhe und schnappte mit beiden Händen danach. Eine halbe Stunde und länger vollzog sich dies in völligem Schweigen, und es war das Sonderbarste, was man sehen konnte, der allmählich immer schwärzer werdende Schattenriß des Königs in der unerleuchteten Halle und das ruckweise, Klavierhämmerchen ähnliche Emporschnellen der Höflinge, die doch Großwürdenträger, Offiziere und dergleichen und mit Orden übersät waren.

14. Versinkende Schönheit

Viel, unendlich viel könnte ich auch von den übrigen Wundern der Königsstadt Bangkok und ihrer Umgebung erzählen. Allein es würde ein eigenes Buch dazu nötig sein.

Ich bitte die Leser, nur noch einen Ausflug ins Innere mit mir zu machen. Nach Ayuthia, der ehemaligen Residenz der siamesischen Könige.

Einige Stunden flußaufwärts am Menam blühte diese Stadt zu einer Zeit, als Bangkok noch gar nicht bestand. In der Mitte des 18. Jahrhunderts, also zur Zeit unseres Siebenjährigen Krieges, fielen die Birmanen mit großer Übermacht ins Land; die damalige Hauptstadt sank in den Kämpfen mit ihnen 1767 in Trümmer. Obgleich diese Zerstörung keine völlige war und wohl ein Wiederaufbau nach dem Friedensschlusse möglich gewesen wäre, verschmähten die Siamesen es doch, die entweihte Stätte wieder zu benutzen. Schon im nächsten Jahre wurde weiter stromabwärts Bangkok gegründet, und binnen kurzem schuf hier königliche Machtvollkommenheit eine ähnliche Zauberstadt, wie Ayuthia es gewesen sein muß.

Zwischen Mauern hochstämmigen und dicht verwachsenen Waldes fließt bei Ayuthia der in viele Arme geteilte Menam dahin. Ärmliche Pfahlbauhäuser nur liegen hier und dort im Schatten der Uferbäume, doch auf seinen Fluten entwickelt sich noch heut das rege Leben einer schwimmenden Stadt aus Bootswohnungen. Der gegenwärtige Ort Ayuthia, auf den der Name der ehemaligen Königsstadt übergegangen ist, besitzt in noch viel höherem Maße diesen »venezianischen« Charakter als Bangkok.

Hier liegen die gewaltigen Trümmer der ehemaligen Königsschlösser und Götterhallen, umwuchert von der siegreichen Wildnis des Urwaldes. Graue Häupter alter Pagoden siehst du von weitem über die grünen Massen des

Waldes emporragen, oder eine Säulengruppe reckt sich noch über die Flut des Laubes hinaus, die immer höher an ihr emporschwillt. Mühsam, oft von Dornen gepackt, oft von undurchdringlichen Buschwänden zurückgewiesen, oft von tückischem Sumpf zu Umwegen gezwungen, arbeitest du dich hinzu. Da stehen dann alte Steinwände vor dir, verfallen, zerbröckelt, halb zu Boden gestürzt; aber staunend erkennst du noch die edlen Formen der feinen Kunst, die sich an ihnen entfaltet hat. Spitzbogen gleich denen gotischer Kirchentüren schweben noch in fester Fügung, während ringsum das Mauerwerk, das sie trugen, zerbrochen und herabgefallen ist. Hier liegt ein vom Wald vergrabenes Mauerviereck, das du mit prüfendem Blick nach den wankenden Steinbalken über der Eingangstür betrittst. Leer ist es heut, Trümmer erfüllen den Boden, und dennoch erkennt dein Auge aus den heimlichen Resten von Zierat an den Wänden, daß es einstmals die Prunkhalle eines Palastes war, die voll von Gold und Schätzen gewesen sein und wunderbare Feste gesehen haben muß. Anderswo ragt ein Gebilde auf, das du dir zunächst gar nicht erklären kannst. Wie ein ungeheurer Brandungsspritzer des grünen Urwaldmeeres schießt eine üppige, dichte Laubmasse weit in die Lüfte empor; bis zu einer Höhe aber, die von Natur auch der riesigste Baumwuchs der Tropen nicht erreichen kann. Näher schreitend erst entdeckst du, daß hier unter dem Laube eine alte Dagoba, eines der hochragenden Reliquienhäuser des südasiatischen Buddhismus, verborgen ist, heut ganz und gar bis über die Spitze bewachsen. Büsche haben sich überall in die Fugen des zerfallenden Mauerwerks eingeklemmt, und tropisches Rankengewächs ist bis zur höchsten Zacke hinaufgekrochen, um von dort wie ein fallender Sprühregen sich wieder abwärts zu senken.

Aber dieser Wald schmückt nicht nur, er zerstört! Wie riesenhafte Krallen schlagen sich die Wurzeln in die Sprünge des Gemäuers, wie schreckliche Riesenschlangen umkriechen und umklammern sie die Quader, lösen sie aus ihrer Fügung und stürzen sie langsam, aber gewiß von ihren Sockeln.

Trotz aller Romantik ein erschütternder Anblick. Um so mehr, als wir unschwer in all den architektonischen Formen der alten Bauten von Ayuthia dieselben Gebilde wiedererkennen, die heute in den Tempeln des lebendigen Bangkok das Auge entzücken. Kurzlebig ist der Glanz fast aller hinterindischen Königsstädte bisher gewesen. Wir fühlen es, daß auch für diese Stadt dereinst die Zeit kommen wird, da ihre bunte Zauberpracht dahinsinkt, wie einstens selbst die heilige Ilios hinsank, und daß dann ihre Schönheit und Kunst vergraben werden wird unter den wieder andringenden Wogen des mühsam zurückgedrängten Urwaldes der Heimat – wenn sie nicht schon vorher zugrunde gegangen ist unter der noch grausamer, rücksichtsloser und dabei poesieloser vernichtenden Flutwelle der europäischen Kultur!

15. Auf dem Gipfel des Adamspiks

Uralt und weitverbreitet auf der Erde ist die religiöse Verehrung hoher, auffallend gestalteter Berge. Und auch wohl verständlich. Sie sind doch die natürlichen Abbilder jener Altäre, die der Mensch sich unten für die Gottheit errichtet. Keinen zweiten Berg aber kenne ich, der so von der Natur vorherbestimmt erscheint, auf die gläubige Phantasie zu wirken, wie der Adamspik auf der Insel Ceylon. Einer Opferflamme gleich steigt sein Gipfel empor, eine so beispiellos regelmäßige Steilpyramide, daß sie aussieht, als hätten urweltliche Giganten sie mit dem Meißel zugehauen.

Aber die Schöpfung hat noch ein übriges getan, um ihm eine Anwartschaft auf Heiligkeit zu geben. Auf seiner obersten Kuppe findet sich, seit unbekannter Vorzeit schon bekannt, ein Naturspiel, ähnlich dem der Roßtrappe im Harz, das dem Abdruck einer riesigen menschlichen Fußsohle gleicht. Alle drei Religionen, die unter den Eingeborenen Ceylons vertreten sind, erklären sich diese Fußspur auf ihre Weise. Die mohammedanische als Fußspur Adams, der nach der Legende dort oben jahrhundertelang gestanden hat – auf einem Bein augenscheinlich –, weil er von da das versunkene Paradies noch sehen konnte; die buddhistische, die Hauptreligion Ceylons, als Fußabdruck Buddhas, der von diesem Gipfel aus in den Himmel schritt; die hinduistische als den Wischnus, der das gleiche tat. Die Anhänger aller drei Bekenntnisse finden also Ursache, den Berg in frommer Pilgerschaft zu ersteigen, und alljährlich besuchen ungezählte Tausende von ihnen den Gipfel, obwohl – oder vielleicht gerade weil – seine Ersteigung mit großen Schwierigkeiten verknüpft ist.

Es war kurz nach Mitternacht, als mich der braune Verwalter des kleinen Rasthauses von Laxapana, am Nordostfuß des Adamspiks, weckte. Man besteigt den 2241 Meter hohen Berg in der Nacht, um vor Tagesanbruch auf dem

Gipfel zu sein und das Schauspiel des Sonnenaufgangs von dort zu genießen. Ein singhalesischer Führer mit einer Laterne war zur Stelle und zwei Tamil-Kulis, die das Gerät zur Bereitung von Tee auf dem Gipfel, meinen photographischen Apparat, etwas trockene Unterkleidung zum Wechseln für mich und meinen Sonnenhelm für den Rückweg trugen. Die Tropennacht war lau und schwül, der Himmel bedeckt, so daß der bereits aufgegangene Mond nicht sichtbar wurde; nur ein schwaches Licht durchdrang die Wolken und erfüllte rings die Gegend mit einem matten Dämmerschein. Undeutlich ließ sich erkennen, daß der Pfad, den wir gingen, langsam ansteigend durch Teepflanzungen aufwärts führte. Das vor mir tanzende Licht der Laterne, die der Führer nahe am Boden hielt, zeigte die Steine des Weges, hier und da ein Bachbett, das wir auf halbunterspülten Blöcken überschreiten mußten, im übrigen aber hinderte es mehr, etwas von der Gegend zu sehen; es wirkte wie eine Hypnose auf das Auge. Rauschen von Wasserstürzen war bald nah, bald fern zur Seite zu hören, sonst kein Laut in der schweigenden Nacht. Obwohl ich sehr ruhig ging, um die Kräfte zu sparen, brachte mich die dampfige Feuchte der Luft doch binnen kurzem in Schweiß. Und nicht lange, so regnete es auch.

Endlich hoben sich zur Seite des Weges riesige dunkle Felsblöcke aus dem Nachtdämmer, von seltsamen Formen. Hier waren die Teepflanzungen zu Ende. Wenn ich das Licht der Laterne mit meiner Mütze abblendete, konnte ich sehen, daß der Adamspik jetzt hinter den Vorhügeln, die ihn die letzte Zeit verborgen hatten, hervorgetreten war. Zunächst türmte sich vor uns eine mächtige Bergwand empor, der Gebirgsrücken, auf dem der eigentliche Gipfelkegel aufsitzt. Darüber stieg dann die erhabene Pyramide des letzteren wie ein wunderlicher Schatten in den mattleuchtenden Himmel auf.

»Way bad now« (Weg schlecht jetzt), sagte der Führer, und hatte unleugbar recht. Der Pfad, der bisher breit und bequem gewesen war, die moderne Anlage eines englischen Pflanzungsbesitzers, wurde plötzlich ein ganz enger Fußsteig von solcher Holprigkeit, daß Acht auf jeden Schritt geboten war. Wir stiegen zunächst abwärts, um an den Fuß der uns gegenüberliegenden Bergwand zu gelangen. Der Fußsteig wand sich in eine dichte Wildnis von Strauchwerk und niedrigem Dschungel hinein, die infolge des Regens von Nässe völlig troff. Unablässig streiften die von Feuchte schweren Halme und Zweige die Kleider, schlugen mir naßkalt ins Gesicht oder schütteten von oben einen Tropfenregen aus. Der Weg wurde schließlich so urtümlich, daß ich meinte, der Führer müsse ihn verloren haben. Doch dieser ging mit ruhiger Sicherheit weiter.

In der Tiefe rauscht ein Wasser; auf einer kleinen Holzbrücke überschreiten wir die Schlucht eines Baches, Sita Gangula, das »Kaltwasserfließ«, genannt. Der Bach ist heilige Flut; hier beginnt der eigentliche Anstieg. *»Way now very hill«* (Weg jetzt sehr Berg), sagt der Führer. Hinter der Brücke zieht er steil empor, ein Stufenpfad aus schmalen, roh übereinandergehäuften Steinblöcken, auf dem wir rasch in das tiefe Dunkel eines hohen, geschlossenen Urwaldes hineintauchen. Ist das überhaupt noch ein künstlich gebahnter Pfad, oder ist es ein natürliches Wildbachbett, oder vielleicht beides zugleich? Manchmal scheint es ein mehr als mannstief in den Boden eingeschnittner enger Graben zu sein, an dessen Seiten Moos und Farne wachsen, und dessen Grund feuchte, glitschige Blöcke bilden. Vorsichtig muß die Stelle jedes Trittes beleuchtet werden, damit die Sohle richtig fußt. Zuweilen erkenne ich roh in den Boden gehauene Lehmstaffeln, zuweilen sind die Staffeln nur federnde Baumwurzeln, die aus der einen Wand herauskommen und in der andern wieder verschwinden und abgeschliffen sind von dem Tritt Tausender nackter Sohlen. An besonders schwierigen Stellen hat hilfreicher, aber äußerst anspruchsloser Sinn kleine Leiterchen geschaffen, aus knorrigen Ästen, mit Faden zusammengebunden; Wurzeln und Baumstämme zur Seite dienen als Geländer.

Der Führer steht still und weist mir mit seiner Laterne zur Seite des Pfades einige große, mir zunächst unverständliche Klumpen. *»Elephants, Master«*, sagt er. Es ist die frische Losung wilder Elefanten. So interessant das nun freilich ist, eine nächtliche Begegnung mit ihnen hat doch ihre zwei Seiten. Sind sie auch im allgemeinen friedlich, so gibt es doch oft bösartige Griesgrame unter ihnen, von der Herde ausgestoßene Gesellen, die in ihrer Verbitterung sich geradezu ein Vergnügen daraus machen, den Wanderern im Urwald aufzulauern und sie zu zertrampeln.

Nun geht ein Rauschen über mir durch die Wipfel, es wird lichter zwischen ihnen, die mondbeleuchtete Wolkendecke kommt durch, und ein kühler Windschauer fährt über uns hin. Wir haben die Bergschneide erreicht, die Basis der Gipfelpyramide. Sie steigt jetzt unmittelbar vor mir auf – aber ach, leider ins graue Nichts hinein. Wolken haben von neuem den Gipfel umzogen!

Im Rechten liegt hier ein dürftiges Haus aus Lehm und Stroh. Auf das Rufen des Führers antwortet schlaftrunken jemand aus dem Innern; nach einiger Zeit wird eine Matte, die vor der Tür hängt, zur Seite geschoben, wir treten ein und sehen uns in einer Pilgerrasthütte von äußerster Dürftigkeit. Durch einen Teil des Daches gewahrt man den Himmel. Auf steinernen Pritschen rechts und links regen sich im Halbschlummer ein paar in Decken eingewickelte braune Gestalten; der Wärter des Hauses, ein verhutzelter alter Mann, wischt flüchtig einen der Steinsitze ab, damit ich mich niedersetzen kann.

Doch es ist vier Uhr, noch liegen etwa anderthalb Meilen bis zum Gipfel vor uns, also geht es nach wenigen Minuten weiter. Jetzt beginnt der Bereich jener uralten, schon von Marco Polo, dem venezianischen Reisenden zur Zeit der Kreuzzüge, erwähnten Anlagen, die allein die Besteigung der schroffen, oft ganz glatten Gneiswände ermöglichen. Der Pfad ist meist eine richtige Treppe. Roh und unregelmäßig ausgearbeitete Stufen, unmittelbar in den Felsen hineingemeißelt, folgen einander, bald lang und bald kurz, bald wagerecht und bald schräg; oft so steil emporführend, daß man hinter sich das Bodenlose zu fühlen glaubt. Die Myrten, Lorbeer, Magnolien und Rhododendren nur, die üppig zur Seite wuchern und sich zum Teil über uns wölben, schützen den Rückschauenden vor Schwindel. Aber es sind doch wirkliche Stufen, und an den schlimmsten Stellen laufen in den Fels eingelassene Eisengeländer nebenher; oder der Führer greift in den Busch nebenan und holt eine alte Eisenkette herauf, die dort liegt und an der man sich aufwärtshelfen kann. Wir tauchen hinein in die Nebelmassen, die den Gipfel umhüllen. Grauer Dampf streicht durch das Dschungel, das auch hier zu seiten des Pfades wuchert, und von neuem beginnt es zu regnen.

Nach wiederum mehr als einer Stunde gleichmäßigen Steigens im Wolkendunst treffen wir auf eine alte Zisterne, die zur Seite des Pfades über einer jäh abstürzenden Tiefe erbaut ist. »Adams Tränen« nennen die Eingeborenen den kleinen Teich. Meine Kulis machen halt und schöpfen daraus Wasser für die Teebereitung. Von hier sei es nur noch wenige Minuten bis zum Gipfel. Und wirklich, binnen kurzem treten über und in dem Nebel zwischen dem Gezweig die Dächer einiger kleiner Unterkunftshütten heraus. Wir sind unmittelbar unter der Plattform der eigentlichen Spitze angelangt, die ein heulender Wind umtobt. Ich schaudere in meiner durchnäßten Kleidung. Die Uhr ist fünf.

Der Führer pocht an die niedrige Tür einer der Hütten, aber gleichzeitig fällt sie schon mit Gepolter nach innen auf den Boden. Vor mir sehe ich einen leeren Raum zwischen vier rauchgeschwärzten, fensterlosen Lehmwänden und im Hintergrund drei braunhäutige Pilger, die um ein schwelendes Feuerchen aus nassen Ästen herumhocken und sich die Hände wärmen. Die Art unseres Eintritts scheint nicht weiter zu befremden; rasch wird die Tür wegen des kalten Zuges wieder angelehnt, meine Kulis packen die Sachen aus und sehen, ohne viel Worte zu den Anwesenden zu machen, unsern Teekessel mit über das Feuer. Ich wechsle im selben Raum meine durchnäßte Unterwäsche gegen frische und hocke mich dann ebenfalls auf den Boden, um nach Europäerart die in den nassen Stiefeln frierenden Füße, nicht wie die Eingeborenen die Hände, am Feuer zu wärmen.

Etwas nach 1/2 6 Uhr kommt der Führer, der zum Spähen hinausgegangen war, herein und sagt: »Master, nun komm, es ist Zeit.« Das heißt, die Sonne will aufgehen. Eine kurze Treppe führt von der Hütte zur Gipfelfläche des Adamspiks hinauf. Oben umschließt ein niedriges, weißgetünchtes Mäuerchen in unregelmäßigem Viereck eine kleine Plattform, die etwa neunzig meiner Schritte im Umfang mißt. An der Südwestseite des Gipfels sieht man die Stufen eines zweiten Pfades heraufkommen; das ist der andere Weg zum Adamspik, der von Ratnapura herführt. Er soll noch schwieriger sein als der Nordostpfad, den ich gekommen bin. Das Morgenlicht wird zusehends heller und mit ihm das Heiligtum auf dem Gipfel immer deutlicher sichtbar, über der kleinen Plattform erhebt sich in seiner Mitte noch ein Wulst von rundlichen Felsblöcken etwa vier Meter höher: die äußerste Spitze. Sie ist überbaut von einem offenen Pavillon mit vorspringendem Dach. Unter ihm liegt, von einem Holzgitter umgeben, die Fußspur Buddhas. Einige Treppenstufen führen hinauf.

Das Wunderzeichen stellt sich dar als eine flache Vertiefung in der umgebenden Steinfläche, in der nur die allerwilligste Phantasie den Abdruck eines menschlichen Fußes zu erkennen vermag. Sie bildet ein Rechteck von ungefähr 162 cm Länge und 74-79 cm Breite, dessen eine Schmalseite abgerundet ist. Letztere vertritt die Stelle des Absatzes. Die Zehenseite ist der Treppe zugekehrt und springt ein wenig unter dem umgebenden Gitter vor. Hier erkennt man die Formen von fünf eng nebeneinanderlegenden gleichmäßigen Feldern, die die fünf Zehen vorstellen. Die Reste einer alten Bemalung der Fußspur unterstützen wesentlich die Vorstellung. Wo der Balleneindruck sein müßte, findet sich aber eher eine Erhöhung als eine Vertiefung. Das Ganze ist somit nicht entfernt so täuschend, wie die Roßtrappe im Bodetal, und es würde überhaupt kaum als Fußspur hervortreten, wenn nicht ein glatter, einige Zoll hoch auf dem Felsen aufgemauerter Rand ringsherum liefe. Hier wenigstens hat also menschliche Kunst gütigst nachgeholfen.

Rings um den Gipfel schwimmt das weiße Nichts des Nebels. Aber im Osten wird es heller und heller. Und siehe, wie im ersten Akt des »Rheingold« der leuchtende Schein des Nibelungengoldes die Dämmerung durchbricht, so flammt dort in dem formlosen Gewog ein Glutschein auf – die Stelle der Sonne! Heller und heller wird sie, die Gestalten rotgesäumter Wolken formen sich im weißen Nichts und breiten sich weiter und weiter von dem Feuerkern aus. Augenscheinlich wird unter den Strahlen der jungen Tropensonne die Nebelhülle, die unsern Gipfel umlagert, dünner und dünner. Endlich – wie es geschehen, ich weiß es nicht, aber mit einem Male liegt der Berg völlig frei da und ringsum alles: Sonne, Berge, Täler, Seen, Wälder und Wolken; ein ungeheures Bild!

Indes bereits stürmen von unten durch die Waldwipfel, die den Berg umkleiden, wie weißgraue Wölfe in wilder Jagd die Vorläufer einer neuen Wolke herauf: im Nu sind sie oben, und das ganze Bild ist mit einem Schlage wieder verschwunden; ringsher wieder nur das helle, leuchtende Nichts.

Doch bleibt es dabei nicht. Bald reißt die Wolke von neuem, dann schließt sie uns wieder ein. Ein langdauernder Kampf von höchster Spannung. Wer wird endlich siegen?

Es ist das Licht. Noch einmal zergeht das Gewölk, fliegt in eiligen grauen Fetzen von dannen und kommt nicht wieder. Frei in der Morgensonne liegt unter uns die grandiose Landschaft. Das ganze so phantastisch zerzackte Gebirge von Ceylon, dessen vielgestaltige Gipfel man sonst von den Tälern aus über sich hängen sieht, ist jetzt unter mir ausgebreitet. Im Westen zeigt sich in langer Linie die Meeresküste und dahinter die See als ein blasser Strahl. Ja auch gegen Osten, unter der steigenden Sonne, scheint ein goldener Streifen den Spiegel des fernen Meeres zu bedeuten. Sonst aber alles ein ungeheures Gewirr zahlloser scharfer Bergschneiden und spitziger Kuppen, die in Tönen von tiefstem Blau nah und fern, hundertfach zerzackt und zerrissen, emporsteigen. Zwischen ihnen in den Tälern lagern die Morgennebel in blendendem Schneeweiß, wildgeformt gleich dahinjagenden Meereswellen. Es sieht ganz aus, als schaue man über einen endlosen Schwarm dunkler norwegischer Schäreninseln hin, zwischen denen ein vom Sturmwind zu höchster Wut, zu einem einzigen weißen Gischt zerpeitschtes Meer tobt. Gerade unter mir, in schwindelnder Tiefe, dehnt sich das grüne Laubdach der großen Urwälder, die den Adamspik umgeben und in deren Schatten der wilde Elefant sein Wesen treibt. Aus ihm schießt der gigantische Gipfel so jäh empor, daß man auf seiner Höhe wie ein Adler über den Wipfeln schwebt.

Aber trotz der Steilheit der Wände steigt doch der Wald mit ihm aufwärts, in der herrlichsten, von der reichen Feuchte dieser Höhe genährten Üppigkeit und Gestaltenfülle. Bis dicht an das Mäuerchen der Plattform brandet er hinan, und die höchsten Spritzer seiner Flut sind einige Rhododendronbäume von wunderbarer Schönheit, die auf ihren äußersten Zweigen große tiefrote Blüten tragen. In dem dunklen Laub glühen sie gen Himmel wie feierliche Opferflammen, die die Natur selbst zu Ehren ihres Heiligtums entzündet hat.

16. Längs der Küste von Hawaii

Auf dem kleinen Küstendampfer »Kinau«, der einmal wöchentlich den Verkehr zwischen den Inseln der Sandwichgruppe vermittelte, verließ ich an einem sonnenglänzenden Mittag die kleine, durch den Zuckerbau gegenwärtig rasch emporblühende Stadt Hilo auf Hawaii, um nach Honolulu auf Oahu zurückzukehren.

Auf weichen, schaukelnden Wellen fuhren wir längs der Nordostküste von Hawaii entlang, im Angesicht einer seltsam reizenden Landschaft. Die Häupter der alten Vulkane bargen sich in majestätische Wolken; ihre sanftgeschwungenen Abhänge stiegen langsam zur Küste hinab. Hier aber endeten sie überall mit jähem Steilabfall. Das Meer hat allerorten die Lavaströme, aus denen sie bestehen, wie mit scharfem Messer angeschnitten, und so ist der Strand von Hawaii fast allenthalben, um die ganze Insel herum, ein jäher, braunroter Steilrand, an dessen Fuß immerwährend eine weißschäumende Brandung steht. Oben auf den Hängen aber dehnen sich in endlosen Flächen samtenen Grüns Zuckerpflanzungen an Zuckerpflanzungen, jene neuen Anlagen, mit denen die Amerikaner aus dem alten Lavaboden Ströme von Gold hervorzuzaubern wissen. Viele Meilen lange Wasserleitungen von erstaunlicher Kühnheit, die mit ihrem spinnwebedünnen Gestänge Schluchten von Kirchturmtiefe überschreiten, schwemmen das abgeschnittene Rohr von den Feldern an die Zuckerrohrmühlen, die man hier und dort liegen sieht. Oft steht eine Zuckerrohrmühle hart oben am Uferrande, mit Drahtseilgleitbahnen und Kranen schafft man von dort die Zuckersäcke hinab, unmittelbar in die Boote. Nur vereinzelt liegt ein Landungsplatz unten am Ufer. Das pflegt dort zu sein, wo ein tiefer Talriß den Steilrand durchschneidet und schräg zum Meere hinabsteigt. Ist dann zufällig daneben auch ein neuerer Lavastrom in die See hinausgeflogen, an dessen schwarzen Klippen die Brandung mit wütendem Schaum sich bricht, dann kann man die geschütztere Uferstelle dahinter, auch bei etwas größerem Seegang als heut, als Reede benutzen.

Wir laufen unterwegs mehrere solcher an. Das Schiff bleibt draußen auf der offenen See vor Anker liegen, unsere Bootsleute rudern über das blauschimmernde Wasser zum Ufer, um die Post abzuliefern oder Passagiere und Waren zu holen, die auf kühner, an den Steilwänden abwärts geführter Kunststraße vom Plateau zum Landeplatz hinabgelangen. An den meisten Stellen ist trotz des natürlichen Schutzes die Brandung noch so heftig, daß man meint, das Boot müsse kentern; doch die geschickten Ruderer – meist Javaner – wissen heil hindurchzukommen. Ist alles beendet, so werden die Boote mit dem üblichen Geschrei und Geschwätz in unverständlichen Lauten von der farbigen Schiffsmannschaft unserer »Kinau« wieder emporgewunden, und weiter geht die Fahrt.

Große Tümmler begleiten uns jetzt und springen mit mächtigen Bogensätzen über die Flut empor. Dann sind es Scharen fliegender Fische mit metallisch bunten Flossen, die dicht vor unserm Schiff aufschnellen, um nach weitem, schwirrendem Fluge wieder in die Wogen hinabzufallen.

Gegen Abend wird die Gestaltung der Ufer immer großartiger. Die Felsenwände werden höher und höher, die Bachschluchten zwischen ihnen reißen sich so jäh hinein, daß eine Straße in ihnen nicht mehr möglich ist.

Das Wundervollste aber ist, daß silbern schimmernde Bäche und Wasserfälle überall vom Plateaurande herniederhängen; in so dichter Fülle, von solcher Vielgestaltigkeit und stellenweise auch von solcher Höhe, daß sie die der norwegischen Fjorde in Schatten stellen. Teils gleiten sie in Klüften als lange, schmale Bänder herab, teils springen sie in Kaskaden-Absätzen hinunter, teils aber stürzen sie auch mit einem einzigen freien Bogen von oben unmittelbar ins Meer.

So kommt weich und lau die Nacht heran und hüllt, rasch wie immer in den Tropen, rings die Welt in Dunkel. Schwätzend oder träumend sitzen wir auf den Deckstühlen. Ich mit einem jungen deutschen Kaufmann, der in Hilo lebt und mit dem ich über den letzten großen Vulkanausbruch auf Hawaii im Vorjahre plaudere. Die Mitglieder einer kleinen amerikanischen Schauspielertruppe, die wir an Bord haben, hocken im Ring auf dem Boden und würfeln stundenlang; die wenigen Dollars, die sie besitzen, rollen von einer Hand in die andere.

Gegen 10 Uhr – wir waren jetzt um die Nordspitze der Insel herum und auf ihre Westseite gelangt – hielt unser Dampfer noch einmal an. Wir wunderten uns, was dies auf dem nachtdunklen Meere vor ebenso nachtdunkler Küste bedeutete: rasch aber klärte uns ein überraschend hübsches Schauspiel auf. Ein großer elektrischer Scheinwerfer schickte plötzlich von unserer Kommandobrücke aus ein bläuliches Strahlenbündel über das Wasser und bestrich den etwas über einen Kilometer entfernten Uferrand. Wir hielten vor einem Platze, wo Vieh eingenommen werden sollte. In früheren Zeiten mußte die »Kinau« hier dazu immer bis zum nächsten Morgenlicht liegenbleiben. Seit sie sich den Scheinwerfer zugelegt hat, kann sie auch bei Nacht die Verladung vornehmen.

Zunächst galt es den Landungspunkt zu erfassen und zu sehen, ob die erwarteten Herden, Schafe vor allem, aus dem Innern der Insel angekommen seien. So wanderte das runde Lichtbild, von unsern Krimstechern verfolgt, langsam am Ufer hin und her. Stück für Stück der Küste wurde in ihm sichtbar, aber in einer ganz eigentümlichen, märchenhaften Beleuchtung. Durch den Gegensatz zu dem Nachtdunkel erschienen alle Farben gesteigert, das Grün der Büsche smaragdener, der braune Fels röter als sonst. Scharf fiel der

Schatten der elektrisch beleuchteten Wipfel auf die hinter ihnen emporsteigenden Felswände, so daß die Laubmassen genau aussahen wie aus grüner Pappe geschnittene Theaterkulissen.

Endlich traten ein paar Häuschen in das Lichtrund: der Landeplatz war gefunden.

Nun aber sahen wir etwas ganz Merkwürdiges. Zwischen den Büschen an der bunten, steil darüber aufsteigenden Felswand zeigten sich seltsame runde, in grünlich opalisierendem Glanz funkelnde Lichtflecke, die, unruhig wie Irrlichter, hin- und herflackerten und in langer Kette sich an der Felswand langsam schräg abwärts bewegten. An Glühwürmer war nicht zu denken; dazu waren sie viel zu leuchtend, und überdies mußten diese Lichtflecke, der Entfernung nach, mindestens so groß wie Menschenköpfe sein. Es war etwas, was wir uns schlechthin nicht erklären konnten; auch dies ganz anzusehen wie ein magischer Theatereffekt in einer Zauberoper.

Der Schiffskapitän trat gerade an die Reling, um das Herablassen unserer Boote zu überwachen.

»Bitte, Kapitän, was sind das für merkwürdige Lichter?«

»Ach, die Lichter?« lachte er. »Das sind die Augen der Schafe, die die Bergstraße herunterkommen. Sie sind da.«

»Was soll das sein? Schafsaugen? Das ist doch ein Scherz von Ihnen?«

«Nein, nein, schauen Sie nur hier durch mein Nachtglas.«

Wirklich, es war so. Die Tiere wurden dort in langer Reihe die schräg am Felsrand abwärts führende Straße heruntergetrieben; man sah durch das Glas ihre kleinen dunklen Gestalten. Alle stauten sie verwundert in das fremde helle Licht, das von dem Meere zu ihnen herüberglänzte, und die von ihren Augenlinsen zurückgeworfenen Lichtstrahlen gelangten, in der Entfernung kegelförmig erweitert, rückwärts zu den unsrigen.

Nun verließ der Scheinwerferstrahl den gefundenen Platz und lehrte zum Schiff zurück, um unsere Boote zur Küste zu geleiten. Auch das war wieder ein überaus malerischer Anblick, die weißen Schiffchen mit ihren buntgeschürzten, halbnackten Menschen im runden Lichtkreis, ganz wie in einem Zauberlaternenbilde, über dem dunkelfarbigen Meere dahinschwimmen zu sehen, kleiner und kleiner werdend, bis sie drüben am Ufer angelangt waren. Hier sahen wir dann durchs Glas, wie winzige menschliche Gestalten die Schafe wie Säcke eins nach dem andern auf den Rücken nahmen und sie, ein Streckchen durchs Wasser watend, in die Boote luden. Dann kehrten diese wieder hierher zum Schiff. An der Schiffswand angelangt, wurden sie unter der Luke festgemacht, und nun wurden die vor Schrecken vollkommen willenlosen Tiere, abermals gleich Säcken, von je zwei Männern eins nach dem andern in den Schiffsraum geworfen. Sobald die Boote leer waren, gingen sie von neuem zur Küste.

Zwei Stunden lang arbeiteten unsere Leute so, denn 200 bis 300 Schafe waren einzunehmen.

Inzwischen hatten sich vor uns am Himmel die Wolken mit einem mattrötlichen Licht zu färben begonnen; der Mond kam offenbar hinter den Bergen herauf. Finster zeichneten sich deren Umrisse, die an dieser Stelle klar geworden waren, von dem helleren Himmel ab. Plötzlich lohte gerade auf der Spitze eines der Berge ein feuerflammender Punkt auf, der langsam quellend größer und größer wurde: der Rand der Mondscheibe; hier in den Tropen ein prachtvoller Glutschein!

»Rasch, schauen Sie, ehe der Mond zu hoch kommt!« rief mir lebhaft der junge Kaufmann zu. »Das ist verblüffend genau der Anblick, den der Mauna Loa bei seinem nächtlichen Ausbruch im letzten Juli bot. Da kam die rote Lava oben aus dem Krater heraus. Später lief sie dann fingerförmig, in feurigen Strömen, die Abhänge herunter.«

Einige Minuten später, und der halbvolle Mond schwebte frei am Himmel. Jetzt goß er so viel Licht herab, daß der Scheinwerfer die Arbeit einstellen konnte. Im silbernen Mondglanz vollzog sich die weitere Verstauung.

Es galt nun, nachdem die Schafe eingenommen waren, auch Pferde und Kühe an Bord zu schaffen. Hierbei war das Verfahren für unsere Begriffe eigenartig genug. Man nahm sie nicht in die Boote, sondern ließ sie die ganze Strecke im Wasser nebenher schwimmen, indem man ihnen nur die Köpfe mit einem Zaum über Wasser hielt. Jedes Boot brachte zu beiden Seiten je ein Tier herbei. Es war kläglich zu sehen, wie die großen, furchterstarrten Geschöpfe regungslos mit ausgestreckten Beinen sich flach im Wasser treiben ließen; nur das Schnauben der Nüstern und die weit aufgerissenen Augen verrieten ihre Aufregung. Diese Art der Beförderung ist besonders deshalb eine gewagte Sache, weil das Meer hier reich an Haifischen ist, die sich oft genug weder durch Geschrei noch Laternenschwenken abhalten lassen, die Beute in die Tiefe zu reißen.

Am Schiff angelangt, befestigte man einen Gurt um den Bauch der schwimmenden Tiere, ein Kran hob die dunklen, blanken, zappelnden Körper aus dem blinkenden Wasser, führte sie hoch durch die Luft und ließ sie dann an Bord nieder, wo sie nach einigem Ausgleiten und verängstetem Umsichschlagen an der Reling angebunden wurden.

17. Bauerntheater in Birma

Das Schiff liegt still mitten auf dem mächtigen Irrawadi, der leise gurgelnd an dem Bug vorüberzieht. Morgen soll ich Bhamo erreichen, den entlegenen Grenzort Birmas, von wo die uralte Handelsstraße über die Gebirge nach China hinübergeht. Wundervolle Weltferne atmet alles um mich herum.

Ich sitze nach dem Abendessen, das wir wenigen Reisenden mit dem Kapitän zusammen eingenommen, draußen auf dem Verdeck und schaue in die tiefe Nacht hinaus.

Nur so viel läßt der matte Flimmer der Sterne erkennen, daß die beiden Ufer des Stroms einander näher als früher liegen und daß sie höher sind als zuvor. Wir nahen uns den Bergen. Sonst ist nichts zu unterscheiden. Zwei oder drei kleine Lichter etwas stromabwärts am Uferrande verraten, daß dort menschliches Leben ist. Verworrenes Geräusch, Musik von Eingeborenen-Instrumenten und einzelne, zusammenhanglose Töne von Gesang klingen aus dem Dunkel herüber.

Das Geheimnisvolle dieser verlorenen Klänge reizt mich. Ich frage den Kapitän, was sie wohl zu bedeuten haben. »Oh,« meint er, »wahrscheinlich nichts von besonderem Interesse. Vielleicht sitzen nur ein paar Leute um ein Feuer und musizieren sich was. Vielleicht ist es auch ein Begräbnis, bei dem sie immer Spektakel machen.«

»Ist es wohl möglich, daß ich einmal hinüberrudere und mir die Sache ansehe?«

»Aber gewiß. Ich gebe Ihnen gern ein Boot. Und ich kann Ihnen auch meinen birmanischen Schiffsklerk mitschicken, damit er für Sie dolmetscht.«

Ich fragte unter den Passagieren, ob jemand Lust habe, mitzukommen. Niemand wollte. Nur der zweite Offizier, ein junger, frischer Mensch, entschloß sich, mich zu begleiten.

Ein Boot wurde zu Wasser gelassen, und wir kletterten hinein. In diesem Augenblick hatte der Kapitän die Liebenswürdigkeit, den Scheinwerfer anzustellen, um unsern Pfad zu beleuchten.

Wie wunderschön das war! In seinem Licht trat plötzlich, wie durch Zauberei, ein kleines Dorf auf einer Anhöhe am Ufer aus dem Nachtdunkel hervor; wieder, wie ich es im vorhergehenden Abschnitt schilderte, in jener unnatürlichen, theaterhaft grellen Art, die der elektrische Scheinwerfer den Dingen in der Nacht verleiht; wo alle Farben bengalisch bunt sind und die scharfen Schlagschatten die Bäume und Häuser flach, wie aus Pappe geschnittene Kulissen, erscheinen lassen.

Binnen kurzem waren wir am Ufer und sprangen auf den weißen Sand. Wunderliche Gebilde lagen dort herum, in der fremdartigen Beleuchtung zunächst nicht zu erkennen. Waren es dicke, graue Baumstämme? Waren es große runde Steine? Oder waren es rätselhafte Lebewesen von unbekannten Formen? Schwerfällig erhoben sie sich erst, eines nach dem andern, als wir fast auf sie traten. Es waren mächtige graue Wasserbüffel, verdutzt von dem blendenden Schein, die wir hier aufscheuchten. Mit plumpen Sprüngen, in den großen Augen das fremde Licht, entfernten sie sich.

Zwischen Holzlagern und auf den Strand gezogenen Kanus erklommen wir den Uferrand und betraten den Eingang der von zwei Häuserreihen eingefaßten Dorfstraße. Wie feurige Finger griffen die Strahlen des Scheinwerfers zwischen den einzelnen Hütten und den Pfählen der hohen Plattformen hindurch, auf denen sie standen. Menschen sahen wir zunächst nicht; wohl aber hörten wir die Dorfhunde, die rebellisch wurden und uns wütend von nah und fern anbellten. Eine unbehagliche Lage. Wir faßten unsere

Stöcke fester und schritten vorwärts, einem Lichtschimmer zu, der in einiger Entfernung vor uns durch die Bäume fiel und von woher die Musik, jetzt aus größerer Nähe, kam. In diesem Lichtschimmer nahten sich einige menschliche Gestalten. Ihre Gesichter konnte ich nicht sehen, wohl aber erkannte ich, daß man uns mit Freundlichkeit begrüßte.

Nur ein paar Schritte weiter und wir waren auf dem kleinen Hauptplatz des Dorfes angelangt, den ein paar riesige Bäume überwölbten und einige Hütten im Viereck umgaben. Hier sah die ganze Bewohnerschaft des Dorfes, um einzelne Feuer gruppiert: Männer, Frauen und Kinder, bis zu ganz kleinen herunter. Einige geflochtene Matten bedeckten die Mitte des Platzes, und ein paar an Bambusstangen aufgehängte Öllampen beleuchteten diesen Raum.

Es war hier – und nichts anderes war der Grund der Musik – ein *pwé* im Gange, die Aufführung eines jener volkstümlichen Dramen, mit Königen, Helden und Dämonen, die dem ganzen birmanischen Volke von Jugend auf vertraut sind, die es schwärmerisch liebt und auswendig weiß, und die bei Festlichkeiten irgendwelcher Art von den Dörflern selbst dargestellt werden. Die Kosten bestreitet entweder ein reicher Gönner oder eine Sammlung Haus bei Haus im Dorfe.

Die Handlung stockte, als wir den Dorfplatz betraten. Eine Respektsperson, ein Dorfältester oder Dorfschulze, trat uns entgegen und begrüßte uns verbindlich; auf seinen Wink wurden aus den benachbarten Häusern zwei Lehnstühle europäischer Form herbeigeschafft, auf denen wir Platz nahmen; dann ging, ohne daß viel mehr geredet wurde, das Spiel weiter. Der birmanische Dolmetscher, den wir mit uns hatten, stand neben uns und gab uns Erklärungen der Vorgänge. Leider war seine Geschicklichkeit sehr beschränkt, so daß ich nur in ganz allgemeinen Zügen erfassen konnte, um was es sich handelte. Im Mittelgrunde des Vorgangs saß ein Mann auf einem Stuhl und stellte einen König vor; in gemessener Entfernung von ihm standen drei andere, die Minister waren. In singender, feierlich getragener Sprechweise befragte sie der König um den Stand der Dinge in seinem Lande, und zwar schien ihm dabei ganz besonders daran zu liegen, zu erfahren, ob auch die Klöster und Pagoden gut imstande, ob die Mönche und Priester wohlgehalten seien und es ihnen an nichts fehle. Das war nicht unbezeichnend, denn diese Dramen, obschon weltlichen Inhalts, sind doch von den Priestern, wenn nicht verfaßt, so doch wesentlich beeinflußt, da sie Träger und Bewahrer der gesamten Bildung des Volkes sind. In ähnlich singendem Tone antworteten die einzelnen Minister und versicherten, daß die Priester höchst zufrieden und daher das Land sehr glücklich sei. All das wurde in endlosen, offenbar höchst blumigen Reden vorgebracht, unter gelegentlicher Begleitung einer kleinen, im Dunkel des Hintergrundes für mich unsichtbaren Musikbande, ähnlich wie bei dem Secco-Rezitativ unserer alten Oper. Besondere Trachten trugen die Schauspieler nicht, nur extra saubere und neue seidene Kleidung. Es war eben ein ganz kleines und armes Dorf, das auch seine Freude haben wollte, ohne viel Aufwand treiben zu können. Jetzt trat eine »Prinzessin« auf, ein niedliches junges Mädel, mit ihrer Gefolgsdame, einem ein wenig älteren Mädchen. Das Prinzeßchen trug nun doch ein, wenn auch bescheidenes, Theaterkostüm; ihr eng anliegendes Jäckchen über dem seidenen Sarong war vorn mit bunten Metallflittern besetzt und unten am Rande war es durch irgendwelche Drahteinlage zu jenen phantastischen, nach oben strebenden Schwingungen aufgebogen, die so eigentümlich für die Tracht birmanischer Götter, Helden und Hofpersonen sind, die man auf all den stilisierten Schnitzereien der Birmanen findet und die den Hoftrachten aus der letzten Zeit des burmesischen Königtums, wie sie im Palast von Mandalay aufbewahrt werden, ein Aussehen geben, als beständen sie aus lauter nach oben flackernden Flammen. Auf dem Kopfe trug sie eine der zu dem Putz gehörigen spitzen Kegelmützen. Die junge Dame wurde von lebhafterer Musik des unsichtbaren Orchesters und einem Gesangschor, der ebenfalls im Dunkel hinter der Szene hockte, begrüßt und begann mit ihrer Gefährtin nun einen der birmanischen Tänze, die aus einem langsamen Hinundwiederschreiten, einem Hinundherwerfen der Hüften und merkwürdigen Biegungen der Arme, Hände und Finger bestehen. Der Körper nimmt dabei jene aus den landesüblichen Bildwerken bekannten Haltungen an, die Hüfte weit rechts oder links herausgebogen, den Kopf entsprechend geneigt, so daß die ganze Gestalt eine geschlängelte Linie bekommt, während die Arme in streng stilisierten rechtwinkligen Beugungen davon abstehen. Das junge Ding, in ihrem gewöhnlichen Dasein gewiß arbeitsame Haustochter des Dorfhauptes, bot sicherlich keine erstklassige Leistung, aber sie war doch graziös und jugendlich anmutig und übte ihr Amt mit ruhiger Sicherheit, ohne sich durch die unerwartete Anwesenheit der Fremden beeinflussen zu lassen. Das andere Mädchen ahmte alle ihre Bewegungen nach, auch nicht übel, und es war ein allerliebstes Schauspiel. Nur daß es, wie all diese Dinge für den ungeduldigen Europäer, endlos lange dauerte. Endlich traten die Mädchen ab, d. h. sie mischten sich unter das Publikum, an einem der Feuerchen sich niederhockend, ohne daß ich recht begriff, was sie eigentlich gewollt hatten. – Nun kam von der andern Seite her ein »Prinz«, ein schlanker, junger Bursche, begleitet von einigen andern, und hielt eine längere Ansprache, unterbrochen von seinen Freunden, deren Zwischenreden, wie es schien, höchst humoristisch, wahrscheinlich sogar recht derb waren, denn homerisches Gelächter der Zuschauermenge begleitete sie jedesmal. Hierauf nahte sich ein älterer Mann und nahm Platz auf dem einzigen auf der Bühne stehenden Stuhl, der je nach Bedürfnis Thron oder Altar oder sonst etwas zu bedeuten schien. Er wurde mit großen Ehrenbezeugungen von den anwesenden Darstellern begrüßt und sollte einen höheren

Priester vorstellen. In der Tat hielt er, wie es schien, höchst erbauliche Ermahnungen, die die andern ehrerbietig, zur Erde niedergeworfen, anhörten. Im weiteren Verlauf der Sache vermählte dieser Priester den Prinzen mit der wieder auftretenden Prinzessin, die beide vor ihm knieten. Dann zog er sich, samt dem übrigen Gefolge, diskret zurück, und es erfolgte nun ein Wechselgesang der beiden, eine Liebesszene, wie mir der Dolmetscher versicherte.

Auch ich hielt es allmählich an der Zeit, mich zurückzuziehen. Aber der Dorfälteste ließ mir sagen, ich solle doch noch etwas warten, es käme gleich noch eine zweite Prinzessin. Richtig, nach einiger Zeit trat ein neues junges Mädchen auf, ähnlich in Flitter gekleidet, und begann in ähnlicher Weise wie die erste Gesang und Tanz. Wie es schien, hatte sie ältere Ansprüche an den Prinzen geltend zu machen, kam jedoch augenscheinlich zu spät mit ihnen. Dies junge Ding hatte entweder schlecht gelernt oder sie zierte sich vor uns Fremden. Sie lachte, drehte sich verlegen ab, statt zu antworten, wenn an sie die Reihe im Wechselgesang kam, bewegte sich ungeschickt im Tanz und blieb zuletzt ganz stecken. Unwillig sagten ihr die Umsitzenden, die das Stück alle auswendig konnten, zu; aber sie war das richtige alberne Gör, es war nichts mit ihr zu machen. Um so wohlgefälliger ließ sich ihre Partnerin hören, es schien, als ob sie im Stolz wüchse; sie sang noch einmal so laut und drehte ihr Körperchen im Takt noch einmal so geschmeidig wie vorher und rettete die Lage.

All das war, ich wiederhole es, außerordentlich bescheiden, aber gerade darum von einem ganz besonderen Reiz. Wie hübsch war es, daß es so etwas überhaupt auf der Welt noch gab wie diese einfachen Bauersleute, die nach des Tages Arbeit sich hier in warmer Nacht zusammmentaten, um sich hochtönende und feierliche Verse vorzudeklamieren. Wie drollig waren diese kleinen menschlichen Leistungen und Eitelkeiten, die sich dabei, wie anderswo auch, entfalteten. Wie phantastisch die Lichtstimmung des Bildes: diese kleinen Feuerchen, um die, halbbeleuchtet, ernsthaft scheinende oder lachende und kichernde Gestalten herumsaßen. Von Zeit zu Zeit flackerten sie höher auf, wenn einer der Buben ein neues Holzscheit hineintat. Wie fremdartig die seltsame Musik, die aus dem Dunkel hervortönte! Wie reizend diese ruhige, natürliche Gastfreundschaft, die ich hier in so später Stunde und so völlig fremder Umgebung genoß!

Ich erhob mich jetzt, nach Verständigung mit meinem Begleiter, trat auf den Dorfältesten zu, ließ durch unsern Dolmetscher unsern Dank und unsere höchste Zufriedenheit mit den Leistungen, die wir gesehen, aussprechen, und bekräftigte diese Gefühle durch Überreichung einiger Rupien. Das Theaterspiel hatte so lange innegehalten. Der alte Herr verneigte sich mit gemessenem Anstand und ebenso die ganze Schauspielergesellschaft, und wir schritten von dannen, denselben Pfad, den wir gekommen waren, zu unserm Boot. Der Scheinwerfer hatte seine Tätigkeit längst eingestellt, da wir zu lange blieben, doch die gewöhnlichen Lichter unseres Dampfers leiteten uns ohne Mühe zu ihm zurück.

Wenige Minuten später saß ich wieder genau wie vorhin auf dem Verdeck über dem dunklen Strom; nur ein paar kleine Lichtpunkte am Ufer zeigten die Stelle, wo ich gewesen, und ein paar verworrene Klänge, wie vorher, deuteten an, daß das Schauspiel dort seinen Fortgang nahm. Für mich war der Vorhang wieder gefallen über jener merkwürdigen kleinen Welt, in die ich, wie in einem Märchen, einen einzigen Blick hatte tun dürfen.

18. Die sieben Pagoden

Gegen ½ 9 Uhr abends setzt sich das Boot südwärts von Madras in Bewegung, einen langen, schmalen, von einförmigen Sandufern eingefaßten Kanal entlang. Einer meiner Leute zieht das Boot, auf einem Treidelpfade dahinschreitend, ein anderer schiebt an einer langen, am Hinterteil angebrachten Bambusquerstange.

Um ½ 2 Uhr nach Mitternacht langen wir an einer Schleuse an, mittels deren der Kanal in die Lagunen der Koromandelküste mündet. Ein dumpfes Rauschen wie das eines mächtigen, ganz nahen Wasserfalls klingt an mein Ohr. Ich vermag zunächst nicht klug daraus zu werden, bis ich merke, daß es das Brausen des Meeres hinter den Dünen ist, die seewärts die Lagunen begleiten. Bald schwimmen wir auf dem breiten, flachen Wasser dieser Lagunen, die nur ein schmaler Sandhügelzug von dem unsichtbaren Meere zu trennen scheint, denn mächtig tönt das Brausen durch die stille Nacht herüber und begleitet mich nun während der ganzen Fahrt. Meine Leute waten jetzt einfach durch das flache Wasser. Sie haben sich, der Nachtkühle halber, weiße Tücher um die Schultern gelegt und sehen in dem flimmernden Mondlicht über der Flut aus wie Gespenster. –

Um ½ 7 Uhr früh weckt mich mein Diener mit fertigem Tee, Jam, Bananen und frischem süßen Backwerk. Die Sonne ist aufgegangen und gießt Freude und Lebenslust in die Seele. Ein angenehmer Morgenwind hat sich aufgemacht, meine Leute hocken am Bordrand und haben ein Segel aufgezogen, in dessen Schatten ich nun an Deck sitze und nach den wunderbaren Tempelruinen ausspähe, die ich in dieser weiten Einsamkeit finden soll; Bauten, von denen niemand mehr weiß, wer sie einst aufgerichtet hat.

Endlich, gegen 10 Uhr, hält mein Boot an, und ich werde bedeutet, wir seien zur Stelle. Verwundert sehe ich auf dem östlichen Ufer, wo die Stätte liegen soll, nichts als riesenhaftes Granitblockgeröll, das in wirren Massen zwischen Palmyrapalmen und Pandanusgestrüpp emporragt. Ich springe aus dem Boot an den flachen Strand und eile auf einem schmalen Damm zwischen Reisfeldern auf den nächsten dieser Granitblöcke zu. Je näher ich komme, eine um so merkwürdigere Form erhält er. Angelangt, sehe ich zu meinem Staunen, daß der ganze mächtige Block durch Meißelstriche zu dem Abbilde eines Tempelchens umgeformt ist. Einen Innenraum besitzt er allerdings nicht, die Außenseite aber zeigt die übereinandersteigenden Terrassen mit Pfeilern und Dächern wie eine indische Tempelanlage. Nischen mit Ornamenten und Figuren sind hineingehauen; alles aus dem härtesten Gneisgranit herausgearbeitet.

Ähnlich zubehauene Granitblöcke, ganz regellos neben unbearbeiteten liegend, sind noch mehrfach in der Nähe des Kanals zu sehen. Ein weit dichteres und mächtigeres Blockgeröll winkt aber auf der Höhe des, hier 2 ½ Kilometer breiten, Landstreifens, der die Lagunen vom Bengalischen Meerbusen trennt.

Die gegenwärtige Siedelung, die Mahavellipur heißt, ist ein ganz armseliges Eingeborenendorf, das ziemlich weit von der Ruinenstätte entfernt liegt; man sieht es hier gar nicht. Alles rings ist nur Dünensand und wildes, prachtvolles Granitgetrümmer. Die Blöcke haben hier riesenhafte Größe und sind teilweise zu wirklichen Tempeln ausgehauen, in die man durch ein säulengetragenes Tor hineintreten kann. Jeder einzelne ist mit allen Zieraten aus einem einzigen Block herausgearbeitet. Im Innern findet man an den Wänden Reliefbildwerke von wunderbarer Lebendigkeit, noch ohne die groteske Übertreibung der Hüften und Brüste und verrenkten Gliedmaßen, wie wir sie an den zeitlich viel späteren Tempelbauten der südindischen Nachbarschaft kennen. Überall sieht man noch die Meißelstriche: ja häufig genug hat man den Eindruck, als seien die Arbeiten nicht fertig geworden, als habe eine plötzlich hereinbrechende Katastrophe das Geschlecht vertrieben oder vernichtet, das in so seltsamer Felsenwildnis, in so öder Abgeschiedenheit am einsamen, hafenlosen Meere hier seine Kunstwerke aufführte.

Eines der merkwürdigsten Schaustücke Mahavellipurs ist ein uraltes Felsenrelief, das eine 27 Meter lange und 9 Meter hohe, senkrechte, aus zwei Riesenblöcken gebildete Granitwand völlig überdeckt mit Massen von menschlichen und mythologischen Figuren, vielarmigen Göttern, Elefanten, Affen, Löwen, Tigern, allerlei Vögeln und Schlangen, die schwer zu deuten sind, teilweise aber eine große Lebenswahrheit besitzen. So die gewaltigen Elefanten auf der unteren Hälfte des rechten Steines. Auch humoristische Darstellungen finden sich darauf. Ein Kater z. B., der vor Ratten eine Buße ablegt. In der Spalte zwischen den zwei Blöcken schweben heilige Schlangen-Gottheiten; oben eine Schlange mit Mannes-, unten eine mit Frauenkopf, zu unterst eine richtige Kobraschlange. Man erklärt das Relief als eine symbolische Darstellung der buddhistischen friedlichen Versöhnung und Verbrüderung der Kreatur.

Andere merkwürdige Bildwerke erreicht man etwas abseits auf einer höchst unerfreulichen Wanderung durch tiefen weißen Mahlsand, den nur einige Kriechgewächse nebst Kakteen und niedrigem Stachelgestrüpp überziehen. Fünf Tempelchen altertümlicher, dravidischer Form liegen hier beieinander, alle aus einem einzigen Felsrücken gehauen, der ehemals zusammenhängend sich über den Sand erhob. Ein trefflich gearbeiteter Steinelefant steht daneben, desgleichen ein weniger überzeugend gestalteter Löwe. An diese, zusammen sieben, Heiligtümer knüpft sich der üblich gewordene Name » Seven pagodas« (Sieben Pagoden) für die ganze Ruinenstätte an, der in Wahrheit aber viel zu wenig zählt.

Ein neuer Marterweg durch glühenden Sand führt mich an die Meeresküste, wo hart am Strande, den Meereswellen mit den Fronten zugekehrt, noch allerlei andere wunderliche Gebilde sich finden. Vor allem eine Pagode – die größte von allen –, die sich von den andern dadurch unterscheidet, daß sie nicht aus einem Stein gehauen, sondern aus Werkstücken aufgeführt ist. Seltsam sieht der einsame graue Tempel hier an stiller, vollkommen verlassener Meeresküste aus. Er steht so hart am Strande, daß bei Flut und Oststurm die Wellen in die Halle hineinspritzen müssen, die sich nach der Seeseite hin öffnet.

In einer dunklen Innenkammer dieses Tempels liegt ein schlafender Riese aus Stein von gewaltigen Verhältnissen; vor ihm eine Inschrift auf einer Steintafel. Vielleicht führte einst ein Vorbau zum Meere hinab: noch jetzt ragt aus den Wellen vor dem Tempel ein vierkantiger Steinpfeiler hervor, und allerlei Bauteile, Platten, Pfeiler und zerfallene Werkstücke liegen in regellosem Durcheinander im Wasser, überzogen mit schlüpfrigem Seetang.

Die Felsblöcke, die hier in der Nachbarschaft aus dem Seesande hervorragen, sind auf ihrer dem Meere zugekehrten Seite mit verwaschenen Steinschnitzereien bedeckt, in denen man einen Elefanten, ein Pferd oder Göttergestalten erkennt. An andern aufragenden riesigen Blockwülsten werden nur bei längerer Betrachtung, dann aber plötzlich wie Spuk, geformte Gestalten deutlich: ein Steinkopf, eine Menschenhand, das übrige roher Fels.

In ein paar Meilen Entfernung von der Stätte der »sieben Pagoden«, am Eingang des Eingeborenendorfes, sah ich noch ein Granitbildwerk, das, wie man aus der Abgeschliffenheit der Formen des harten Steins erkennt, sehr alt ist und vielleicht von seinem ursprünglichen Standort dorthin geschleppt wurde. Es ist eine lebensgroße Affengruppe aus Granit von großer, humorvoller Lebendigkeit. Hinten sitzt der männliche Affe und laust seine Gattin, die währenddem ein Junges säugt. Dieses, wie verschiedene andere Bildwerke in den Tempeln von Mahavellipur zeugen von einer ausgezeichneten Beobachtung der Natur und von einer erheblich größeren Künstlerschaft, als sie die spätere dravidische Kunst aufweist. Von Wert ist auch ein Vergleich der Trachten, die auf diesen Bildwerken dargestellt sind, mit den heutigen. Im allgemeinen ist die Wandlung im Lauf der Jahrhunderte überraschend gering. Die Kleidung der Männer ist noch fast ganz dieselbe wie gegenwärtig. Bei den Frauen erkennt man, daß sie ehedem viel mehr entblößt gingen als heute, fast nur mit Hüftschurz bekleidet. –

Der heiße Tag in den Ruinen der rätselvollen Stadt ging zu Ende. Ich bestieg mit Einbruch des Abends mein Schifflein wieder und fuhr zurück gen Norden, nach Madras.

Die Sonne war eben am Untergehen, als das Boot noch einmal am Ufer anlegte. Der Führer winkte mir, ihm durch ein raschelndes, staubiges Palmengestrüpp zu folgen. Nach wenigen Schritten tat es sich auseinander. »Die Tigerhöhle«, sagte der Inder leise, wie in einer Art abergläubischer Scheu, und vor mir sah ich fremdartiges Bildwerk unbekannter Herkunft, unbekannten Alters, bizarrer noch als alle die andern. In einen großen, flachrund aus dem Boden sich aufwölbenden Granitblock war vorn eine breite Höhle in der Form eines gähnenden Raubtierrachens von riesiger Größe hineingemeißelt; eine Reihe gefletschter Zähne schienen seinen oberen Rand zu umstarren. Jeder dieser Zähne war aber wiederum ein, ungefähr lebensgroßer, Tigerkopf mit aufgesperrtem, zähnefletschendem Rachen.

Rätselvoll, schauerlich stand dies Gebilde vergessener Menschenhand hier in seiner einsamen Wildnis.

19. Sonnenfinsternis

Die Sonnenfinsternis, von der ich hier erzählen will, fand am 22. Januar 1898 statt. Damals traf der Kernschatten des Mondes die Erde im westlichen Sudan, schwebte von hier über den afrikanischen Erdteil und den Indischen Ozean und erreichte die indische Halbinsel um die indische Mittagszeit zwischen Bombay und Goa. Diese durchwanderte er auf einem rund 80 Kilometer breiten Streifen über Dschabalpur und Benares bis zum Himalaja, wo er über das höchste bekannte Berghaupt der Erde, den Mount Everest, hinstrich; dann zog er durch Tibet und China weiter und verließ die Erdoberfläche wieder in der Mandschurei. Die ganze ungeheure Reise legte er in ungefähr 3 Stunden zurück.

Ich befand mich zu dieser Zeit gerade in Indien. Die durch Indien führende Strecke des Totalitätsstreifens war für die Beobachtung außergewöhnlich gut gelegen. Sie war in allen Teilen für wissenschaftliche Expeditionen leicht erreichbar; ferner war nach der Jahreszeit mit beinahe unbedingter Gewißheit auf gutes Wetter zu rechnen, und endlich stand die Sonne zur Zeit der Totalität fast in Mittagshöhe am Himmel. Aus diesen Gründen hatte die amerikanische, die britisch-indische, ja selbst die japanische astronomische Welt – von einer deutschen Expedition habe ich leider nichts gehört – außerordentliche Anstrengungen gemacht, die so günstigen Bedingungen in der denkbar vollkommensten Weise auszunützen. Durch ganz Indien zog sich eine Kette von Beobachtungsposten hindurch, von der Meeresküste bis zum Himalaja hinauf.

Ich selbst begab mich von Bombay in neunstündiger Nachtfahrt nach Jeur, einer kleinen Ortschaft des Dekhan an der Bahn nach Madras, in der Mitte zwischen Puna und Scholapur gelegen. Hier hatte eine Abordnung der Licksternwarte von Kalifornien ihren Standort genommen, und ihr Leiter, Professor W. Morris Campbell, hatte mir freundlich die Erlaubnis erteilt, bei seinen Beobachtungen zugegen zu sein. Alle übrigen Besucher wurden durch ein starkes Polizeiaufgebot aufs strengste ferngehalten. Das Lager befand sich nicht bei dem Bahnhof selbst, sondern ungefähr sieben Kilometer landein in unbewohnter Gegend. Mit Absicht war es so angelegt worden; einmal um die Ansteckung der damals in Indien ausgebrochenen Pest zu vermeiden, zweitens aber, um jede Störung der teleskopischen Aufnahmen durch etwa aufgewirbelten Staub – der in Indien in ganz andern Wolken als bei uns emporquillt – sorgfältig auszuschließen.

Von der Bahn rollte mein Wäglein zum Lager der Astronomen über eine endlose Ebene von staubigem und sandigem Boden dahin, die mit einem losen Bestand von niedrigen Akazien und andern blattarmen und dornenreichen Büschen und mit dürrem, von der Hitze weißgebranntem Grase überzogen war. Flache Geländewellen hinderten eine ausgedehnte Fernsicht; kurz, die Landschaft war so unromantisch wie möglich; hier war der weite, gleißende Himmel und der glühende Sonnenball Indiens allein das Wesentliche.

Nach heißer Fahrt erreichte ich das kleine Zigeunerlager des Professors Campbell, dessen Zelte zwischen den Bäumen verstreut waren. Er hauste hier bereits sechs Wochen lang mit seiner jungen, allerliebsten Frau, die ihm eine tüchtige Gehilfin bei seinen Arbeiten war. Neue, kostbare astronomische Instrumente hatten sie beide aus Amerika herübergeführt; darunter fünf Spektroskope zur Beobachtung der Veränderungen im Sonnenspektrum während der allmählichen Verdunkelung, ferner mehrere photographische Teleskope zur Aufnahme verschiedener Teile der Korona. Unter ihnen war eines ein Riese von 40 Fuß Länge, das größte bisher bei einer Sonnenfinsternis zu photographischen Zwecken verwendete Fernrohr überhaupt. Die Größe der Mondscheibe auf den Bildern, die es liefern sollte, betrug nicht weniger als 4 ½ Zoll.

Während der letzten Woche, nachdem die mühsame Aufstellung der Apparate vollendet worden war, hatte sich dem Professor dann eine Schar freiwilliger Assistenten, englischer Offiziere aus Bombay, zum Teil mit ihren Damen, zugesellt und war von dem Leiter sorgfältig in der Handhabung der einzelnen Instrumente durch zahlreiche Proben und Generalproben eingedrillt worden.

Jetzt in den Stunden vor der Schlacht freilich – eine treffliche taktische Maßregel – hatte der Professor sämtliche Gehilfen von den Instrumenten weggewiesen: sie sollten ihre Nerven und ihre Augen für den entscheidenden Zeitpunkt vollkommen ruhig halten. Ich fand daher zu meinem Erstaunen die ganze Astronomengesellschaft in lustiger Runde plaudernd und lachend unter ihrem schattigen Dinnerzelt. Man trank Whisky und Soda, rauchte Zigaretten, hielt den anwesenden Damen den Sonnenschirm vor das Gesicht mit der Behauptung, dies sei die totalste Sonnenfinsternis, die man sich denken könnte, und stellte Beobachtungen über den seelischen Eindruck dieses Phänomens auf die Gemüter der Männer an usw. Aber die Erregung der Stunde war doch nicht zu unterdrücken. Sie fieberte in allen und am meisten in der kleinen, tapferen Frau Campbell, die plötzlich die Hände krampfhaft zusammenballte und sagte:

»Ich wollte, es ginge los.« –

Inzwischen biß die schwarze Scheibe des Mondes langsam, aber stetig ein größeres und größeres Stück aus der leuchtenden Fläche der Sonne heraus – lange ohne daß in der Fülle des brennenden Mittagslichts, das über der Gegend lag, irgendeine Veränderung bemerkbar geworden wäre.

Endlich aber wurde es doch unzweifelhaft, daß die Helligkeit sich verminderte. Ein fremdes Gefühl beschlich das Herz.

Der Professor rief jetzt die Beobachter zu ihren Instrumenten; die nicht zu diesen gehörigen Zuschauer wanderten zu einem frei gelegenen Platze in der Nähe des Lagers und verfolgten mit gespannter Aufmerksamkeit die Zunahme der Dunkelheit. Unmeßbar fein, doch in größeren Zwischenräumen dem Bewußtsein deutlich wahrnehmbar, ging diese Abnahme des Lichts vor sich. Sie ließ sich weder mit dem Wachsen des Abenddunkels noch mit einer Verfinsterung durch Wolken vergleichen. Am nächsten kommt dem Vorgang noch die Betrachtung einer Gegend durch tiefer und tiefer getöntes, aber klares Rauchglas, wie es bei Schutzbrillen verwendet wird. Die Sonnenscheibe war bald nur noch ein feiner Goldstreif, der aber noch immer mit so blendender Kraft am Himmel strahlte, daß es nicht möglich war, ihn ohne die geschwärzte Glastafel anzusehen. Die Temperatur schien mit dem schwindenden Lichte so erheblich zu fallen, daß man fast Kühle empfand. Doch war dies eine psychische Täuschung, denn das Thermometer zeigte bisher ein kaum merkliches Sinken.

Zehn Minuten nach 1 Uhr wagten wir unsere Sonnenhüte abzusetzen – schon etwas Außergewöhnliches, was der Europäer in Indien um die Mittagszeit sonst aufs ängstlichste vermeidet. 48 Sekunden später ertönte zum ersten Male die laute Stimme des Zeitrufers über den Platz:

»Zehn Minuten!«

In zehn Minuten also sollte das letzte Fleckchen der Sonne verschwunden sein. Nicht nur unsere eigenen Stimmen sanken unwillkürlich zum Flüstern herab, sondern die ganze Natur schien den Atem anzuhalten. Ein Lufthauch, der vorher fühlbar gewesen, war gänzlich entschlummert, regungslos hingen die Blätter an den Bäumen, kein Zittern ging durch die Grashalme; in der Ferne heulte ein Schakal einige Male laut auf, dann schwieg er; kein Vogel flog mehr über die Ebene dahin. –

»Fünf Minuten!«

Ohne daß ich sagen kann, warum, stellten wir auch unser Flüstern ein; nur durch Gebärden machten wir uns noch auf einzelne Vorgänge aufmerksam. Endlich unterließen wir auch dies; ein jeder harrte für sich in ernster Auf-sich-Gestelltheit dem letzten Augenblick entgegen. –

»Zwei Minuten!« – »Eine Minute!«

Fremdartig sah die schon tief umdüsterte Gegend aus; die Blicke aber klammerten sich jetzt an die Sonne dort oben. Nur ein Fünkchen von ihr glühte noch am Himmel. Unweit davon war ein wunderschöner, mildleuchtender Stern hervorgetreten –

»Voll!«

Da war die Erscheinung in all ihrer wunderbaren Herrlichkeit, die nur so wenige im Leben begnadet werden, in voller Klarheit zu sehen!

Aber wie so ganz anders trat sie ein, als alle Beschreibungen lauteten, die ich bisher gelesen. Nichts war von einem schreckhaft heransausenden Mondschatten zu spüren gewesen. Keine besonders tiefe Dunkelheit brach im Augenblick der Totalität herein; es blieb eine sanfte Dämmerung, wie man sie in schönen Sommernächten des Nordens erleben kann; ich konnte die Ziffern des Sekundenblättchens auf meiner Taschenuhr sehen, wenngleich nicht mehr sie lesen. Kein anderer Stern erschien weiter für das bloße Auge am Himmel, als der eine große nahe der Sonne, der die Venus war.

Hoch am tadellos reinen, dunkel-graublauen Firmament hing – ein unerhört seltsamer Anblick – ein tiefschwarzer, runder Fleck, der finstere Ball des Mondes. Rings um ihn aber floß ein sehr heller, fast weißer Lichtkranz, und von diesem aus ergossen sich die Strahlen der Korona mit einem wundervoll edlen, silberblauen oder perlfarbigen Glanz in das Himmelsdunkel hinein. Neben einer Anzahl kleinerer waren es vier große, unregelmäßig verteilte Strahlenbüschel von etwa der dreifachen Länge des Monddurchmessers; helleuchtend in der Nähe des Ringes, gegen außen sich mit unmerklicher Abschattierung verlierend. Rote Protuberanzen waren nicht erkennbar. Nichts Feuriges, nichts Majestätisches hatte die Erscheinung, die ohne jedes Flackern ruhig am Himmel stand; wohl aber eine ganz

unsagbare Zartheit und Reinheit. Wie der lichte Zauber-
glanz, den wir uns als Kinder wohl um das Haupt einer Fee
gewoben denken, so schwebte die schimmernde Strahlenk-
rone dort oben und erfüllte das Herz mit dem leidenschaftlichen Wunsche, zum Augenblicke sagen zu dürfen: »Ver-
weile doch, du bist so schön!« –

Unbeirrt durch alle Schönheit aber taten inzwischen die
wackeren Männer der Wissenschaft ihre Pflicht. Scharf und
fest erklang der kurze Ruf des Mannes durch die Dunkelheit, der die Sekunden der Totalität verkündigte; wie die
Schläge eines stählernen Hammers fielen die einzelnen Ziffern, die den unerbittlich vorüberrauschenden Flug der Zeit
maßen, und es war, als fühlte man die Energie, mit der dort
drüben die kurze Spanne ausgekauft wurde.

Eine Minute verstrich – – auch die zweite – – die Zeit
war um. Sehr rasch wurde der Glanz des Lichtringes an der
Seite, wo die Sonne hervorkommen mußte, heller, und
urplötzlich – vielleicht war dies der schönste Augenblick
des ganzen Schauspiels – brachen hier an verschiedenen
Stellen des dunklen Mondrandes gleichzeitig feurige
Funken von strahlendstem Goldglanz hervor, die schnell zu
einem blendenden Bogen zusammenschossen. Es war, wie
wenn eine Welle von Licht zuerst nur mit ihren höchsten
Schaumperlen über einen finsteren Wall herüberleckte,
dann aber sich in vollem Strom darüber ergoß. Die Dunkelheit unten über der Erde entschwebte rasch, aber so sanft,
wie ein feiner Duft sich im Äther verflüchtigt.– –

20. Die Drachenbucht in Tongking

Wenn man sich zur See der Mündung des Flusses von Haiphong nähert und auf der Höhe der Norweg-Inseln über die Wasser des Golfs von Tongking nach Nordwesten schaut, so begrenzt in noch dämmeriger Ferne eine dunkle, niedrige Felsenküste von merkwürdigen Formen den Horizont. Sie scheint sehr steil zu sein und von einem wirren Haufwerk von dichtgedrängten Zacken, Spitzen, Blöcken und Türmen gebildet zu werden, die ziemlich gleichmäßig hoch sind.

Nimmt man eine Seekarte dieser Gegend zur Hand, so sieht man, daß hier ein Streifen dichtgedrängter Eilande, bestehend aus der großen Insel Cacba und einer nach Nordosten sich an sie anschließenden Reihe kleinerer Inseln, entlang zieht, der die Küste Tongkings bis zur chinesischen Grenze begleitet. Zwischen ihm und dem Festlande und um ihn herum ist überdies eine geradezu unglaubliche Masse allerkleinster Inselchen und Klippen ausgesät, ähnlich wie die Schären der finnischen oder schwedischen Küste. Hier bilden sie lange Schnüre, wie Körner, die der kühne Handwurf eines Sämanns über den Acker gestreut hat, dort ein regelloses Labyrinth, zwischen das sich gewundene Kanäle hindurchschlängeln; an dieser Stelle drängen sie sich in dichten Haufen, wie die Sterne der Milchstraße, aneinander, an jener umgeben sie in Bogenlinien weite freie Wasserflächen, aus deren Mitte da und dort nur vereinzelte Klippen emportauchen.

Eine der freieren, von Inseln rings umschränkten Wasserflächen trägt auf der französischen Seekarte die Bezeichnung *Baie d'Along*, das heißt die »Drachenbucht«; so getauft nach dem Namen, den die chinesischen Seefahrer einem darin emporragenden phantastisch geformten Inselchen gegeben haben. Mehrere andere, ähnlich gebildete Wasserflächen schließen sich an sie an: sie ist nur die am meisten genannte, weil sie Haiphong am nächsten liegt und darum am häufigsten besucht wird. Eine benachbarte, ganz ebenso gestaltete Bucht heißt z. B. *Baie de Faitsilong* – ebenfalls nach einem chinesischen Inselnamen, der »Eßstäbchen« bedeutet. Diese, sowie die Fülle noch anderer phantastischer Bezeichnungen, mit denen die einzelnen Eilande und Klippen auf der Seekarte benannt sind, weisen uns darauf hin, daß wir es hier mit höchst absonderlichen Gebilden zu tun haben müssen. Da gibt es die Insel der Wunder (*île des merveilles*) und die Insel der Überraschung (*île de la surprise*); andere Eilande oder Klippen heißen: die Marionetten, die Arche, der durchbohrte Fels, die Leiter, die phrygische Mütze, die Kröte, die Blattlaus, der Schleier, die Kerze, der Sampan, die Pickelhaube, der Elefant, der Pierrot, der Polichinell, das Tintenfaß usw. Letzteres sind meist Namen, die die französischen Schiffsoffiziere den verschiedenen Felsgebilden gegeben haben, als sie in den achtziger Jahren dies dädalische Wirrsal vermaßen.

Einer liebenswürdigen persönlichen Empfehlung an den Generalgouverneur von Indochina, Herrn Paul Beau, verdanke ich es, daß mir in Haiphong eine Schaluppe der Regierung für einen mehrtägigen Besuch der Inselwelt zur Verfügung gestellt wurde; eine kleine, zierliche, hübsch eingerichtete Dampfjacht, geführt von einem anamitischen, aber französisch sprechenden Kapitän, der aufs genaueste mit der Gegend vertraut war.

In der Morgenfrühe brach ich von Haiphong auf. Mein Schiffchen durchmaß erst in fünfstündiger Fahrt das Geflecht der Deltakanäle. Dann gewannen wir das Meer und hielten auf die Insel Cacba zu. Je näher wir ihr kamen, um so mächtiger und düsterer wuchs sie empor, für das Auge von ihrer Umgebung untrennbar; die gesamten Felswände vor uns erschienen wie ein einziger, ungeheurer, schwarzblauer Block. Schwere Wolkenmassen lagen geballt über ihrer Oberfläche; die höheren Teile verschwanden in ihnen.

Beim Näherkommen sahen wir, daß dieser Felswall sich mit gegen 200 Fuß hohen Abstürzen fast oder ganz senkrecht aus der See erhob. Auch jetzt noch erschien er starr geschlossen, ohne irgendeinen Durchlaß anzuzeigen; es war, als wollte unser Schiffchen mit dem Kopf durch die Wand rennen. Erst als wir ganz dicht heran waren, begann das Gebilde sich zu gliedern; wie hohe Torpfeiler traten am Westende der Insel Cacba die Felsen auseinander und gaben einigen engen fjordartigen Kanälen Raum. Wir tauchten hinein in eine der gewundenen Gassen, und alsbald schlossen sich hinter uns die Wände; auf stillem, dunkelm Wasser glitten wir dahin zwischen hohen, schweigenden Mauern, die bald so dicht zusammentraten, daß man glauben konnte, die Schaluppe müsse sie auf beiden Seiten streifen, bald wieder rechts und links zurückwichen und kesselförmige Buchten und Winkel oder felsumkränzte Weiher bildeten. Das Gestein der Wände bestand aus einem silbergrauen Kalk, dessen regelmäßige, meist in ungefähr 45 Grad geneigte Schichtung klar, wie mit einem Messer abgeschnitten, zutage trat. Manchmal standen die Schichten auch fast senkrecht und waren dann durch das von oben zwischen ihnen eindringende Regenwasser in wunderlicher Weise zerblättert und verwittert, so daß sie aussahen wie altes zusammenstürzendes Gemäuer. Wo es irgend möglich war, hatte niedriges tropisches Buschwerk, insbesondere eine schmalblättrige Yukka-Art, an dem Gefels sich eingenistet. Der Fuß der Wände zeigte überall, wo er dem Meere entstieg, eine vom Wasser eingeschliffene, äußerst gleichmäßig verlaufende Hohlkehle. Ihre Oberkante wurde zur Flutzeit von dem Meer erreicht; dann war die Hohlkehle verschwunden. Zur Ebbezeit lag die Kante 2-3 Meter über dem Wasser, und die Felsen hatten dann die Form jener mittelalterlichen Hausfronten, bei denen das obere Stockwerk über das untere vorspringt. Bei kleineren, freistehenden Gebilden sah das oft höchst sonderbar aus; sie erhoben sich mit einem verdünnten Fuß wie auf einem Stiel über dem Meer. Die Tiefe der Hohlkehle war verschieden; stellenweise dehnte sie sich weiter, als man schauen konnte, ins Innere. Oben waren die Felsen von der Verwitterung in der Art des Kalks zu wilden und äußerst scharfen Scharren und Schratten zernagt, denen man von unten schon ansah, daß eine Wanderung auf ihrer Oberfläche unmöglich sein mußte. Dies Ganze schien während des Durchfahrens von einem geheimnisvollen Leben erfüllt, denn unaufhörlich verschoben und wandelten sich die Formen und Ausblicke; keinen Augenblick bot sich dasselbe Bild, Spalten und Kanäle öffneten sich mit grünlich dämmernden Hintergründen und schlossen sich wieder, schroffe Felsennasen schoben sich vor. oder wichen zurück, um neuen Gebilden Raum zu geben. Oftmals begegneten wir kleinen einheimischen, fremdartig aussehenden Fischerbooten, die an den senkrechten Wänden rudernd entlang glitten, hinter den Ecken auftauchten oder wieder verschwanden. Zeitweilig türmte sich auf den Höhen der Wände eine wilde Felsenwelt übereinander, die in düsterem Gewölk verschwand; zeitweilig bot sich am Ende längerer Korridore, zwischen blauer und blauer werdenden Bergkulissen rasch vorübergleitend, eine Aussicht aus dem Felslabyrinth auf weite, lichtblaue Wasserflächen, aus denen sich einzelne Klippen mit scharfgezeichneten Umrissen erhoben. Das Befremdendste war, daß nirgends herabgefallenes Blockgetrümmer den Fuß der senkrechten Wände umgab, wie man doch von der Arbeit uralter Verwitterung, wenn sie dies Labyrinth geschaffen, hätte erwarten müssen; glatt und reinlich entstiegen die Felsen überall dem Wasserspiegel wie die Mauern venezianischer Paläste, so daß es aussah, als sei dies ganze phantastische Gassengewirr in der gegenwärtigen Form mit einem Male fertig von der Natur so hingestellt worden. Auch hatte der Kapitän keinerlei Sorge vor unter Wasser liegenden Klippen im Fahrwasser; solche gäbe es hier nicht, sondern überall bilde ein weicher, gleichmäßiger Schlamm den Grund der meist nur wenige

Meter tiefen Kanäle und Wasserflächen. Wie das Meer die langen Hohlkehlen am Fuß der Felsen augenscheinlich nur durch chemische Auflösung des Kalkes eingeschliffen hat, so scheint es auch alles hineinstürzende Gefels restlos aufzulösen. Unser Auge war noch weit entfernt davon, in dem dichtgedrängten Gewirr von Felsen und Kanälen die Grundzüge ihrer Anordnung zu erfassen, als sie mit einem Male wieder auseinandertraten und wir auf eine große, freie Wasserfläche hinausschwammen. Der äußere Inselgürtel, der sich an die Insel Cacba anschließt, war durchquert: vor uns lag die Drachenbucht. Ein blauer See von wunderbarer Schönheit, etwa 10 Kilometer breit, im Norden von den weichgeformten Bergen des Festlandes begrenzt, auf allen übrigen Seiten aber von endlosen Scharen von Inseln derselben Art eingeschlossen, wie wir sie soeben hinter uns gelassen. In der Lufttönung der Ferne schimmerten sie tiefblau und geheimnisvoll herüber. Sie zeigten, daß das Felsenlabyrinth, das wir soeben durchmessen hatten, nur ein ganz geringer Teil, ein bescheidener Anfang der Wunderwelt gewesen war, die sich hier ausbreitet.

Eine Welt der Naturwunder ist es wirklich. Den heutigen und noch zwei volle Tage durchkreuzte ich sie mit einer Jacht nach verschiedenen Richtungen unter der kundigen und unermüdlichen Führung meines Kapitäns, legte an, wo er mir riet oder wo eine Seltsamkeit mich selbst dazu reizte, durchstöberte das Gefels der Inseln, erklomm auf merkwürdigsten Pfaden ihre Oberflächen, durchkroch ihre Höhlen oder ließ vom ruhig gleitenden Schiffe aus die wunderlichen Gebilde über den hellen Wassern an mir vorüberziehen. Und immer Neues und überraschendes bot sich dar. Mit vollem Recht trägt die »Insel der Wunder« ihren Namen, denn sie birgt in ihrem Innern eine der großartigsten und schönsten Tropfsteinhöhlen, die ich je gesehen habe. Im Hintergrund eines kleinen halbrunden Felsenzirkels liegt der vom Gestrüpp überwachsene Eingang zu ihr, auf etwa einem Drittel der Höhe der

Felswand über dem Wasserspiegel, von weitem kaum bemerkbar. Im Innern aber wölbt sich ein wunderbarer Dom von reinem, bläulichweißem Gestein, dessen Decke von den riesigen, schlanken Tropfsteinsäulen getragen zu werden scheint. Das stille, bläuliche Licht, das wie eine kühle Flut alles umfließt, taucht ihn in einen märchenhaften Schimmer. Zauberisch wirkt dies Licht, wenn man aus den mehrere 100 Meter noch ins dunkle Berginnere sich fortsetzenden Klüften, die wir mit Fackeln bis zu ihrem Ende durchklettern, wieder zurückkehrt. Im Innern der hohen, reinlichen und trockenen Höhle hat der unberührte Tropfstein, der in der Form von gefrorenen Kaskaden überall die Wände bedeckt oder wie Büschel versteinerten Frauenhaars herniederhängt, im Fackellicht ein wunderbar reines, von einem rötlichen Hauch getöntes Cremeweiß.

Mit gleichem Recht trägt ihren Namen auch die »Insel der Überraschung«. Hier wölbt sich hinter ganz ähnlich unscheinbarem und mit Gestrüpp verhülltem Eingang, den nur der Kundige findet, eine ebensolche Höhle. Doch sie öffnet sich nicht mit einem Male dem Besucher, sondern er betritt erst ein kleineres, verhältnismäßig unbedeutendes Vorgemach. Dann aber geht es durch einen dunkeln Spalt im Hintergrunde, so eng und niedrig, daß er kaum den Durchlaß gewährt. Plötzlich weitet er sich wieder, und nun stehen wir in einem wahren Riesengewölbe, das vielleicht nicht ganz so hoch wie die Eingangshalle der *Grotte des merveilles*, aber noch viel weiter gespannt ist. Ein einziger mächtiger Tropfsteinpfeiler von ungeheurer Dicke hilft hier heut das Gewölbe tragen. Es ist von einer so kühnen Weite und Flachheit, daß man kaum versteht, wie es sich halten konnte, ehe jener Pfeiler gebildet war. Durch Öffnung flutet auch hier das Tageslicht hinein und erfüllt die Grotte mit dem magisch bläulichen Glanz. Und auch hier setzt sie sich in Spalten ins Innere des Berges fort. Ich folgte einem solchen ins Dunkel, bis nach einiger Zeit ein ferner Lichtschimmer einen zweiten Ausgang andeutete. Der Spalt führte schräg aufwärts. Auf äußerst schwierigem, schlotartig engem Kletterpfade ging es empor. Endlich öffnete er sich über meinem Haupte. Ich schwang mich hinaus und befand mich nun oben auf der Oberfläche der Insel. Oder vielmehr sah ich mich in einem trichterförmigen Felsringe, dessen Boden von den messerscharfen und stahlharten Kalkschratten gebildet war, die ein Weiterklettern ausschlossen. Eine üppige Wildnis von Busch- und Rankenwerk erfüllte den Kessel, über ihm wölbte sich die blaue Glocke des Himmels, eine fremdartige, totenstille, wunderbare Welteinsamkeit.

Aber eine noch größere Überraschung birgt dieselbe Insel. An einer andern Stelle ihrer vielgewundenen Ufer erscheint die Hohlkehle über dem Wasserspiegel, die auch hier wie überall die senkrechten Wände umsäumt, schon von weitem etwas geräumiger und dunkler als sonst. Näher kommend sieht man, daß hier in der Höhe der Meeresfläche eine tiefere Kohle in den Fels hineingeht; und ist man gerade davor, so gewahrt man mit Erstaunen, daß sie nach kurzer Strecke auf der andern Seite wieder zum Licht führt. Wir setzten unser Beiboot aus und ruderten durch diese etwa 30–40 Meter lange Höhlung hindurch, deren Decke durchschnittlich 5–8 Meter über dem Wasserspiegel lag. Sie führte in den wunderbarsten natürlichen Hafen, den die Phantasie ersinnen könnte, in einen großen, mit Wasser erfüllten Felsenzirkus von 150–200 Meter Durchmesser, den 80–90 Meter hohe, senkrechte, bebuschte Wände rings umgaben; es gibt keinen andern Eingang in diesen im Innern der Insel gelegenen See als die eine Öffnung, die zur Flutzeit fast geschlossen sein muß.

Geradezu unerschöpflich ist die Fülle der Formen jener kleinen und kleinsten Inseln und Klippen, die auf den französischen Seekarten so wunderliche Namen erhalten haben. Wirklich ragen sie in den sonderbarsten Gestalten empor, an Türme, Säulen, Obelisken, Mützen, allerhand Tiere und

Fabelgebilde erinnernd. Hier sind sie dicht zusammengedrängt, dort stehen sie frei und einzeln auf ihrem schmalen Sockel über der Flut. Ein solches Inselchen, La Voile, erhebt sich ganz vereinzelt inmitten der weiten Buchtfläche; als eine hohe und schmale Felswand steigt es auf und sieht von unten aus wie das Segel eines Eingeborenenfahrzeugs. Wer diese ganze Formenwelt auch nur einigermaßen vollständig kennen lernen wollte, würde, auch wenn er eine Dampfschaluppe zur Verfügung hat, mindestens acht Tage dazu gebrauchen.

Das merkwürdigste und rätselhafteste Naturspiel ist aber doch wohl das Gebilde, das man den »Tunnel« nennt. Es lag im Hintergründe der Eßstäbchen-Bucht, die ich am letzten Tage meiner Reise durchkreuzte. Wieder einmal fuhren wir hier geradewegs auf eine mächtige, steile, anscheinend undurchdringliche Bergwand los. Diesmal wollte sie sich aber auch bei nahem Herankommen nicht lösen und gliedern; sie blieb eine starr geschlossene Riesenmauer, die fast senkrecht vor uns aus dem Meere emporstieg. In kurzer Entfernung von ihr ließ der Kapitän unsere Jacht halten und lud mich ein, das diesmal von ihm selbst und den besten seiner Leute geführte Beiboot zu besteigen. Ein großes Bündel Fackeln lag am Boden des Fahrzeuges. Wir ruderten auf eine Stelle der Wand zu, wo auf einer niedrigen vorspringenden Klippe ein kleines Gebäude stand, ein unbewohntes, von Fischern aus Bambus und Palmblattgeflecht errichtetes Tempelchen. Hier wurden die langen Streichruder niedergelegt, und mit kurzem Paddeln ging es weiter, in eine ganz schmale und niedrige Höhlung am Fuß der Felsenwand hinein. Und nun kam das Merkwürdigste, was sich denken läßt. Die Höhlung setzte sich fort in das Innere des Berges, in der Gestalt eines richtigen, aber doch völlig natürlich gebildeten Tunnels von nahezu unveränderter Breite und Höhe, der gerade in Meereshöhe verlief. Die Breite betrug durchschnittlich etwa 6, die Höhe vom Grund bis zur Decke 3–4 Meter, wovon zur Zeit durchschnittlich 1 ½ Meter mit Wasser bedeckt waren. Wir zündeten zwei unserer aus zersplissenen Bambusstäben gebildeten Fackeln an und fuhren in das Dunkel hinein. Minute um Minute verrann, fünf, zehn, fünfzehn Minuten; unbeirrt strebte unser Boot in rascher Fahrt voraus. Zwei Mann stakten, der Kapitän saß am Steuer, rechts und links im Vorderteil erleuchtete je ein Mann den Weg mit der Fackel, und an der Spitze stand einer, der den Kahn mit einer langen Stange von den Felswänden abhielt oder von den hier und dort aus dem Grunde ragenden Felsblöcken. Diese entsprachen in der Regel Höhlungen an der Decke und schienen von dort herabgestürzt zu sein.

Welch eine geheimnisvolle Reise in diesem seltsamen, festgeschlossenen Stollen, dessen Decke genau wagerecht dem Meeresspiegel folgte! Stellenweise machte er Winkel, zeigte auch hier und dort eine Ausbuchtung, in deren Dunkel sich das tanzende Licht der Fackeln verlor; im allgemeinen aber war er von einer Regelmäßigkeit, die sich durch natürliche Kräfte schwer erklären ließ. Und doch kann an eine andere Erklärung nicht gedacht werden. Es war warm in dem horizontalen Schacht, aber nicht stickig, so daß eine Luftzirkulation stattfinden mußte, und wenn auch in dem Wasser keine Bewegung sichtbar wurde, so bewiesen doch frische Baumblätter, die auf der Oberfläche schwammen, daß auch eine Strömung da war. Die Wände zeigten das rötliche Weiß des Tropfsteinüberzugs. Bis zu einer gewissen Höhe über dem Wasser waren sie von Muscheln bedeckt; an einigen Stellen hing die Decke so tief hernieder, daß auch sie mit Muscheln besetzt war; d. h. zur Flutzeit reicht hier das Meerwasser, dessen Ebbe- und Flutunterschied über 2 ½ Meter beträgt, bis an die Decke des Tunnels, und ein Weiterkommen ist dann nicht möglich. Ein Boot würde, wenn es sich an einer solchen Stelle befände und nicht eine benachbarte geräumigere gewinnen könnte, gegen die Decke gedrückt werden. Es war ein beklemmender Gedanke, sich vorzustellen, daß hier irgendeine

Unvorsichtigkeit der Steuerer oder ein herabfallender Stein unserm Boot einen Schaden zufügen könnte; oder auch nur, daß unsere Fackeln zu Ende gingen, ehe wir wieder heraus waren.

Schon hatten wir gut anderthalb Kilometer im Herzen des Berges zurückgelegt, da drang ein kühler Luftzug über meine Stirn, und unmittelbar darauf wurde vor uns auf dem Wasser ein matter Lichtschimmer sichtbar. Nach genau 20 Minuten Fahrt glitten wir wieder ins Freie; wir hatten die Bergwand durchfahren und befanden uns nun auf der andern Seite, in einem Wasser, das zwischen dieser und dem Festlande sich ausbreitete. Nach den Angaben des Kapitäns kommt man von hier in geringer Entfernung zu einigen chinesischen Fischerdörfern am Strande; allein der Ebbestand war zu niedrig, um diesen Weg gegenwärtig zu gestatten. Wir kehrten hier um und mußten, um zu unserm Schiff zu gelangen, noch einmal rückwärts den unterirdischen Meeresweg durchfahren, der die Fabeln des Märchens vom Sindbad dem Seefahrer zur Wahrheit macht.

Hier hat das chinesische Piratentum noch bis vor kurzem üppig geblüht und die Gunst der Verhältnisse ausgenutzt. Es ist den älteren Leuten der Gegend noch wohlbekannt, wie auf der Bai von Faitsilong lange Zeit hindurch solche Seeräuber auf unerklärliche Weise zu erscheinen und, wenn die französische Behörde sie nach einem räuberischen Überfall verfolgte, mit ebensolcher Unbegreiflichkeit fast vor ihren Augen wieder zu verschwinden wußten. Die Seeräuber waren Einwohner jener Stranddörfer in der Nähe des großen natürlichen Wassertunnels, dessen Vorhandensein der Behörde damals noch unbekannt war und den sie benutzten. Heut, nach genauer Erkundung und kartographischer Aufnahme des Gebiets, ist die französische Verwaltung dieser menschenfreundlichen Tätigkeit ebenso vollständig Herr geworden wie des Räuberwesens zu Lande.

Wie die natürliche Entstehung all dieser Gebilde zu denken ist, bleibt noch zu erforschen. Auf den ersten Blick könnte man geneigt sein, die spülende Arbeit des Meerwassers allein für alles daran verantwortlich zu machen, denn der Bereich dieser Formen schließt genau mit dem heutigen Ufer des Meeres ab; nur soweit wie das Meerwasser reicht, finden wir die steilen Inseln und Felsenwände; auf dem Festlande daneben treten sofort weiche Bergformen mit schwachgeneigten Gehängen auf, obwohl der Kalkstein auch weiter landein herrscht. Allein diese Beobachtung verliert ihre Beweiskraft dadurch, daß anderswo doch auch im festländischen Innern Tongkings ganz dieselben Gebilde vorkommen. Wenn man mit der Bahn von Hanoi nach Langson fährt, so sieht man nach etwa vierstündiger Fahrt von links her eine 100–150 Meter hohe Bergkette an die Bahnlinie herantreten und sie lange Zeit begleiten, die die ausgeprägteste Ähnlichkeit mit den Gebilden der Drachenbucht hat. Eine fortlaufende Kalkwand von der äußersten Schroffheit, die unvermittelt und nahezu senkrecht aus dem flachen Talboden aufschießt; auf der Höhe mit Gipfeln versehen, die auf weite Strecken hin in nahezu der gleichen Ebene liegen, im einzelnen aber zu scharfen Zacken und Zähnen ausgenagt sind. Zuweilen treten auch vorgelagerte Felsberge mitten im Tale auf, in ihrer Isolierung, Steilheit und ihrer Formengebung überhaupt aufs lebhafteste an die Inseln der Bai erinnernd. Besonders tritt diese Ähnlichkeit hervor in der großen, durch die Kämpfe der Franzosen mit den Chinesen berühmten Talebene von Langson selbst, wo ich mehrere Gruppen solcher Inselberge sah, die ganz ähnliche bizarre Naturspiele aufwiesen. Unter anderm auch eine Reihe von Höhlen, die an Größe wohl etwas hinter der Insel der Wunder und der Insel der Überraschung zurückbleiben, der Art nach aber genau ebenso gebildet sind. Die größte dieser Höhlen hatte, ganz wie die Insel der Wunder, ihren überwachsenen Eingang im Hintergrund eines großen Halbrunds von Bergen, die sich um eine flache

Talebene herumschließen. Würde Wasser die Ebene von Langson überfluten, so würden wir genau das Bild der Inseln der Baie d'Along haben. Sollte das Meer allein die phantastische Formenwelt der letzteren verursacht haben, dann müßte man das gleiche auch für die Berge von Langson annehmen und sich vorstellen, daß auch diese einmal ähnlich wie die heutige Inselwelt der tongkinesischen Küste aus dem Meer aufgeragt haben.

In der Drachenbucht und ihrer Umgebung liegt eine Aufgabe für einen Geologen vor, wie sie sich anziehender und genußreicher nicht leicht denken läßt.

21. Der Bromo auf Java

Wunderbare Schönheit ist über Java ausgegossen. Wie ein Gewand von schwerstem, kostbarstem Sammet umhüllt eine Pflanzendecke von tropischer Üppigkeit seinen Boden. Nirgends in Asien schießen die Palmen höher zum Himmel, bilden die Riesenbambusse stärkere Haine mit tiefgrüner Dämmerung, durchwuchern Farne und Orchideen dichter den feuchtwarmen Urwald, nirgends schaffen die grünen Terrassen des Reisbaues, die nah und fern die Gelände überziehen, reizendere Bilder des Friedens und anmutgesättigten Wohlstandes als in Java.

Aber dies Gewand bekleidet die Glieder eines dämonischen Wesens mit heißen Adern und von unberechenbarer Wildheit. Java ist durch und durch vulkanisch, eines der Länder der Erde, wo noch heute die vulkanische Kraft am meisten lebendig ist. Oft von der vollendetsten Regelmäßigkeit der Bildung, klassische Schulbeispiele von Vulkangestaltung, steigen diese Kegelberge aus den Gärten der Dörfer und Städte empor; Reisfelder umhüllen ihren Fuß. Kaffee-, Tee-, Chinarindeanpflanzungen ihre mittleren Flanken, und darüber wuchert der Urwald empor, der sie meist bis zur höchsten Spitze umfängt. Mehr als die Hälfte all dieser Vulkane – fünfundvierzig sind es im ganzen – ist noch nicht erloschen. Gewöhnlich schlummern sie; nur eine kleine Dampfwolke über ihrer Spitze gibt den Bewohnern drunten Kunde von ihrem innern Leben. Wenn man sich aber durch Pflanzungen und Urwald bis zum Kratergebiet hinaufgearbeitet hat, das oben im Walde verborgen liegt, sieht man die Zeugnisse von der wahren Natur dieser schönen, sanftschwellenden Gebilde: kochende Schlammkessel, milchweiß gefärbte Seen, in die sich dampfende Bäche ergießen, schwarze Felslöcher mit schwefelgelbem Randbeschlag, aus denen sausende Dämpfe hervorzischen wie aus dem Ventil einer Lokomotive, der heiße Atem des schlummernden Riesen. Von Zeit zu Zeit erwacht einer der Riesen und schüttet totschlaglaunig Ströme von siedendem Schlamm und ungeheure Lavablöcke auf die blühende Umgebung, Tausende von Menschenleben vernichtend. Wenige Jahre später, wenn er wieder eingeschlummert ist, hat der Urwald ihn von neuem umsponnen und der Mensch von neuem die Flanken mit seinen Häuschen und Gärten hoch hinauf besetzt; das Schicksal der Vorgänger ist vergessen.

So ragt der Gede empor und der Papandajan, der Guntur, Gelunggung, Merapi und wie die Namen alle lauten, die mit flammenden Lettern in die Annalen der Geschichte Javas eingezeichnet sind.

Einer der zur Zeit lebendigsten unter ihnen ist der im östlichen Viertel von Java, auf dem Tenggergebirge, gelegene Bromo, zu dem ich den Leser führen will.

Tenggergebirge ist der eigentliche Name des gewaltigen vulkanischen Massivs, das den Bromokrater und neben ihm noch eine ganze Anzahl anderer Krater trägt; die Benennung Bromo, die in unsern Karten meist auf das ganze Massiv angewendet wird, kommt in Wirklichkeit nur dem einen heute noch tätigen unter den alten Feuerschlünden des Tengger zu. Auf diesem Tenggergebirge lebt ein besonderer Schlag des javanischen Volkes, den man die Tenggeresen nennt. Sie unterscheiden sich in Religion und Sitte wesentlich von den übrigen Javanern. In früheren Zeiten herrschten auf Java die Religionen Indiens; teils der tiefsinnige Buddhismus in seiner mythenreichen volkstümlichen Entwicklung, teils die leidenschaftlichen, mit düsteren Mysterien durchsetzten Glaubenslehren des hinduistischen Pantheons; beide reichlich durchmischt mit den Elementen alter einheimischer Naturreligionen. Noch heute legen alte Tempelruinen riesenhafter Größe und bewunderungswürdiger künstlerischer Schöpfung Zeugnis von jener Epoche ab. Zur Zeit des Ausgangs unseres Mittelalters eroberten die Mohammedaner die Insel und unterwarfen binnen kurzem das weiche, nachgiebige Volk Javas dem Islam. Die einzige Bevölkerungsgruppe, die ihm hartnäckigen Widerstand geleistet hat und seinem dauernden Andringen noch bis auf den heutigen Tag leistet, sind die Tenggeresen. Sie konnten sich nicht dazu verstehen, ihren alten Glauben mit dem neuen Kult Allahs zu vertauschen. Da sie sich aber in den fruchtbaren Fluren am Fuße ihres Berges, wo sie ursprünglich wohnten, nicht unabhängig halten konnten, zogen sie sich auf die damals noch fast unzugänglichen Höhen des Tenggergebirges zurück und gründeten sich dort oben in den die Hälfte des Jahres von Nebeln umhüllten Wäldern eine neue Heimat.

Mit zu dieser Wahl beigetragen hat wohl der Umstand, daß ihre alte Religion, eine Mischung des aus Indien eingeführten Hinduismus mit älteren volkstümlichen Grundlagen, den Charakter eines Feuerdienstes hatte, dessen Mittelpunkt und Heiligtum der Sitz des unterirdischen Feuers, der Krater Bromo war. In dem Namen dieses Berges will man das Hinduistische »Brahma« wiederfinden. Der Wohnstätte ihrer geheimnisvollen und furchtbaren Hauptgottheit zogen sie so nahe wie möglich, unter ihren unmittelbaren Schutz stellten sie sich, und die Verehrung dieses Feuers wurde dadurch naturgemäß immer mehr der eigentliche Kern ihrer Religion.

Wenn man heute das Tenggergebirge besteigt, so durchmißt man in den unteren Teilen seiner Gehänge zunächst die Zuckerpflanzungen und Reisfelder der Javaner der Ebene. Dann folgt ein mehr oder minder breiter unbesiedelter Gürtel losen, halbwilden Waldes: hierauf beginnt aber nicht der schwere Urwald, wie bei den meisten übrigen Bergen, sondern oberhalb jenes Waldgürtels treffen wir zu unserer Überraschung aufs neue reichbewohnte und bestellte Gegenden. Bis nahe an den Gipfel haben die Tenggeresen das Gebirge besetzt, den Wald weggebrannt und ihre Felder von Mais, Kohl und Gemüsen aller Art hoch hinauf, oft auf fast unverständlich steilen Ackerfeldern, angebaut. Nah und fern sieht man auf den scharfgeschnittenen Bergrippen, die strahlenförmig vom Gipfel ausgehen, und in den Talmuscheln dazwischen die dichtgedrängten Dächer ihrer Ansiedelungen.

Körperlich unterscheiden sie sich wenig von den Leuten der Ebene: nur daß sie vielleicht etwas minder weich geartet erscheinen als diese, und daß ihre Augen dunkler und ernster blicken. Ihr Leben gilt – mit asiatischem Maß gemessen – für auffallend sittenstreng: Ehebruch soll kaum vorkommen. Die formenreiche Etikette der Tieflandsjavaner kennen sie nicht, sie sind in allem mehr Naturkinder als jene.

Ihre Häuser haben sie allesamt so gebaut, daß der Eingang nach der Richtung schaut, wo oben auf dem Gipfel der Bromokrater gelegen ist. Besondere Tempel und Altäre besitzen sie in ihren Dörfern nicht. Alljährlich im Mai ziehen sie in großen Prozessionen unter Anführung ihrer Priester zum Bromo und feiern dort Feste zu Ehren der Feuergottheit. Tausende lagern unten am Fuß des Vulkans, während ihre Priester, in grellfarbige Gewänder gekleidet mit roten kabbalistischen Figuren geschmückt, den Kraterrand besteigen und dort unter bestimmten Zeremonien Feldfrüchte, Geldmünzen und andere Opfergaben in den glühenden Schlund hinabwerfen. In früheren, rauheren, aber wohl nicht so fernen Zeiten waren es auch Menschen, die man zum Opfer dort hinabstieß.

Die Berge Javas muß man in der frühen Morgenstunde genießen: gegen Mittag verhüllen sie regelmäßig ihre Häupter in Wolken. So ritt ich, mit einem einheimischen Führer, zur Besteigung des Bromo von dem an der Nordflanke des Tenggermassivs in 1777 Meter Meereshöhe gelegenen Höhensanatorium Tosari bereits anderthalb Stunden vor Sonnenaufgang aus, noch bei schimmerndem Mondglanz, der sich unmerklich in das erst blasse, rasch immer goldigere Licht des Tages verwandelte. Als es völlig Tag geworden, führte mein Weg auf der ziemlich scharfen Schneide einer jener strahlenförmig vom Gipfel des Tenggergebirges ausgehenden Bergrippen aufwärts. Wunderschön war das Rundbild, das sich entrollte. Rechts und links zu meinen Füßen die kleinen blaugrauen Dächerhäuschen der Tenggerdörfer, in Grün gebettet und alle in Reihen gestellt, die Hauseingänge dem Berggipfel zugekehrt. Nach Nordwesten die prachtvollen Gestalten der Vulkane Ardjuno und Penanggungan, die sich wie große Inseln aus der grauen See der Nebelwolken in die Tiefe erhoben, und mehr nach Norden, hinter mir, wolkenfrei der blaue Spiegel der wirklichen See. Doch mich zog es ungestüm aufwärts, dem großen Rätsel des Bromo zu, das hinter dem grünen Bergrand dort oben meiner wartete.

Der Gipfel des Tengger hat die Gestalt eines einzigen riesenhaften Kraters, geformt in vergangenen Erdperioden, als seine Feuer noch ganz andere Kräfte besaßen als heute. Er hat 8–9 Kilometer Durchmesser, 300–600 Meter hohe Wände und erinnert so an die Ringkrater des Mondes. In diesem großen Hauptkrater sind dann im Laufe der ungezählten Jahrtausende mehrere kleine Krater sekundärer Art entstanden: die vulkanische Tätigkeit, nicht mehr imstande, die Gesamtheit des alten Kraterkessels offen zu halten, hat sich diese kleineren Schlote und ihre dazugehörigen Kraterberge auf dem aufgeschütteten Boden des größeren geschaffen, in dessen überragendem Ring sie liegen wie Eier im Vogelnest, keiner von ihnen von außen sichtbar: der Widodaren, der Batok, der Giri und endlich der Bromo. Dieser ist der kleinste von allen, aber heute noch der einzige lebendige unter ihnen. Bis zu 2780 Metern steigt der höchste Punkt des großen steilwandigen und schwer ersteiglichen Tengger-Ringwalls, Penandjaan genannt, an, aber es gibt eine erheblich mehligere Stelle unweit Tosari, den sogenannten Munggalpaß, über den man leichter in den Innenraum des alten Riesenkraters gelangen kann.

Etwa zwei Stunden war ich bereits geritten; das letzte Dorf der Tenggeresen lag hinter mir; auch ihre Felder wurden an den immer steileren Gehängen immer spärlicher; dünner Wald von Kasuarinen mit den fahlgrünen Fäden, die sie statt der Blätter tragen. – ein Versuch der Regierung, den Berg wieder aufzuforsten – trat hier und dort an ihre Stelle. Endlich nahm der Pfad mit einem steilen Anlauf eine letzte Wand, und vor mir lag das Innere des alten Tenggerkraters! Jäh, für das Auge nahezu senkrecht, wenn auch dicht mit dunklem Grün überwuchert, stürzten die Wände des Ringwalls über Hunderte von Metern unter mir ab. Wie tief, konnte das Auge nicht schätzen, denn sie fielen ins Bodenlose: das Innere des mehrere Meilen weiten Kessels war in der Tiefe ganz erfüllt von einer hellleuchtenden Nebelmasse, wie eine Schale mit Milch. Der darüber emporragende Rand des Kessels erschien mit seinem dunklen Grün im Gegensatz dazu fast tiefschwarz.

Im Vordergrunde tauchte mitten aus der weißen Nebelflut die obere Spitze des Batok auf, völlig kreisrund und gerippt, genau dem oberen Teil eines Napfkuchens ähnelnd.

Wo aber war der Bromo? Nichts war von ihm in dem Nebelgebräu unter mir zu sehen. Allein seine Stätte erkannte man dennoch. An einem Orte links vom Batok waren die Nebel nicht ruhig, sondern wallten lebendig auf, wie wenn eine Masse an einer Stelle kocht, und unablässig quollen hier dicke weiße Wollen über die Oberfläche des Nebels hinaus in die Lüfte und zogen mit dem Winde von dannen. Dort mußte der Bromo verborgen sein; seinem Krater entstiegen diese Dämpfe. Totenstille lag über dem ganzen phantastischen Bilde, kaum daß der Morgenwind in den Büschen neben mir spielte. Es war wie ein Hinabtauchen in ein seltsames Reich der Geheimnisse, als ich mich endlich von diesem großartigen Anblick losriß, um abwärts zu steigen zum Boden des großen Tenggerkraters und den Bromo unter seiner Nebelhülle aufzusuchen.

Der Pfad, der von der Höhe des Munggalpasses in Zickzackwindungen hinunterstrebt, stürzte so jäh zu meinen Füßen ab, daß ich vom Gaul stieg und ihn vorsichtig durch meinen tenggeresischen Boy am Zügel abwärts führen ließ. Schritt vor Schritt. Meist leitete der Pfad in buschüberwachsenen, grabenartigen Klüften zu Tal: wurde von Zeit zu Zeit eine Aussicht in die Tiefe möglich, so sah ich, wie die milchige Oberfläche des Nebelmeeres, das den gewaltigen Krater ausfüllte, immer näher unter mir lag. Bald tauchten wir selbst hinein in das weiße, dunstige Geflimmer, das schon in kurzer Entfernung den Blick erstickte. Fast eine halbe Stunde waren wir so abwärts geklettert, als der Pfad endlich aus seiner Kluft heraustrat und auf eine kleine, schräge, mit schilfigem Gras bedeckte Halde auslief. Hier bestieg ich das Pony wieder und trabte vorwärts, älteren Hufspuren folgend. Binnen kurzem erreichte der Weg eine völlig horizontale Ebene von lockerem, grauem Sand.

Das also war die berühmte »Sandsee«, vielleicht das merkwürdigste Phänomen des Tenggervulkans, eine Erscheinung, die kaum irgendwo auf der Erde ihresgleichen hat!

Der Boden des Tenggerkraters ist von einem sehr gleichmäßigen, vulkanischen Aschensand bedeckt, so flach gelagert wie die Oberfläche eines Meeres. Aus dieser gespenstisch grauen See wachsen die sekundären Kraterberge des Tengger wie Inseln empor.

Zunächst freilich war dies letztere für mich noch kein Schauen, sondern ein mitgebrachtes Wissen, denn rings umgab mich der feine Dunst des Nebelmeeres, auf dessen Grunde ich mich jetzt bewegte, und ließ mich nur ein paar Dutzend Meter weit sehen.

Aber der Nebel wurde dünner und dünner, immer blendender wurde die Stelle in ihm, wo die Sonne stehen mußte. Nun war es schon nicht mehr möglich, dorthin zu schauen, und dann, mit einem Male, war der ganze Dunst verschwunden, teils weggeweht von einem erwachenden Luftzug, teils einfach aufgelöst von der rasch wachsenden Wärme des Tages. Und nun lag das gesamte gewaltige Rund des Tengger in scharfer Klarheit vor mir. Um mich gebreitet die sonderbare dunkelgraue Sandsee, aus der allseits die ungeheuren dunklen Wälle des großen Hauptkraters steil aufschossen. Rechts von mir stieg, ebenso unvermittelt, aus ihr der Batok empor, in seinem vollendet regelmäßigen Bau und mit seinen von oben nach unten eingekerbten Rillen noch mehr als vorher einem Napfkuchen ähnlich. Er verdeckte den Widodaren und den Giri, aber nicht den Bromo, der weiter zur Linken, als Ziel meines Rittes, vor mir lag. Der Batok war bis oben hinauf bewachsen; auch ihn hat, seit er endgültig in Schlummer verfallen, die Vegetation längst wieder erobert. Nicht so der Bromo. Sein Kegel war vollkommen kahl und winkte in einem silbrigen Aschgrau. Obwohl an Größe weit hinter den übrigen Gebilden seiner Umgebung zurückbleibend, zog er doch durch diese seltsame Färbung sofort die Blicke auf sich. Oben wallte aus ihm in mächtigen Ballen jene weiße Dampfwolke hervor, die ich vorher über die Nebel der Sandsee hatte emporsteigen sehen.

Im Galopp flog ich zu der Stelle, wo sich sein Fuß in langsamer Steigung aus der Sandsee erhob. Bis zur halben Höhe des Berges etwa konnte ich auf den durch Regen zerwühlten und durchrissenen, aber doch durch die atmosphärische Feuchte schon etwas befestigten Aschengehängen noch emporreiten. Dann mußte ich absteigen. Der oberste Teil des etwa 200 Meter über die Sandsee emporsteigenden Berges ist aus noch sehr losen, steil geböschten Aschen gebildet, in denen der Fuß, einsinkend und rückrutschend, nur höchst mühsam vorwärts kommt. Hier haben die tenggeresischen Feueranbeter, von denen ich erzählte, für den Aufstieg eine Folge von Bambusleitern angebracht, mit einem fortlaufenden Geländer, die sie alljährlich, bei ihrem großen Feste erneuern. An den untersten Geländerstab band ich die Zügel meines wackeren kleinen Ponys, das mich bis hierher getragen hatte, und stieg empor.

Schon unten auf den untersten Hängen des Bromo hatte ich gemerkt, daß die vormalige Totenstille nicht mehr herrschte. Ein tiefes, dumpfes Donnern aus dem Innern des Berges war an ihre Stelle getreten, dunkler als die untersten Töne einer Orgel. Rasch verstärkte es sich, je höher ich kam. Nun waren nur noch wenige Stufen. In großen Sätzen sprang ich hinan: ich war oben! Ganz schmal, fast messerscharf, erschien der obere Rand des Kraterkessels, und jäh, mit schwindelerregender Steilheit, stürzten jenseits die Wände in den Kraterschlund hinab.

Vorsichtig setzte ich mich zur Seite eines kleinen überdachten Bambusgerüstes, das die Tenggeresen hier oben errichtet, auf den Rand des Kraters, ließ die Beine in seine Tiefe hinabhängen und sah mich in aller Muße und Ruhe um. Der Bromokrater hat die Form eines kolossalen, steilen, nicht ganz runden, sondern etwas verbogenen und zerbeulten Trichters, an dessen scharfgeschnittenen Wänden man die Schichtung der übereinandergehäuften Aschen des vulkanischen Kegels deutlich verfolgen konnte. Ein vom Rande gelöster vulkanischer Block oder der Körper eines hier hinuntergeschleuderten Menschen mußte aufenthaltslos hinabrollen bis zu dem etwa 150–200 Meter unter mir liegenden Kraterboden. Auch diesen brachte mir mein Glas nahe vors Auge. Er hatte eine ebene Oberfläche von rundlicher Form, wie ein Teich von etwa 50–80 Meter Durchmesser. Ein Teich, den eine schmutzige Eisdecke verhüllte. Der Kraterboden ähnelte täuschend einer Fläche grünlichen, halbverrotteten Eises, das bereits eine größere Anzahl Löcher aufweist. An Stelle des Wassers kam aber an diesen Löchern unter der Decke das Feuer, das rote Feuer des Erdinnern, zum Vorschein! Deutlich sah man im Fernglas die in Rotglut befindliche Lavamasse, die hier unter der halbverharschten Oberschicht brodelte. Ein dämonischer Eindruck.

Das dumpfe Donnern, das ich vorher vernommen hatte, war hier oben weniger zu hören, als ich erwartet hatte. Es war wohl noch da, aber als ganz tiefer Unterton neben einem Brausen, das vollkommen dem Ablassen des Dampfes in einer großen Fabrik glich. Es war das Sausen der eingepreßten Dämpfe, die sich durch jene Glutlöcher den Ausweg ins Freie bahnten. Nur wenige der Löcher waren so stark mit gelbem Schwefel beschlagen, wie das sonst bei den javanischen Vulkanen vielfach der Fall ist. Es schienen weniger schwefelige als vorwiegend Heißwasserdämpfe zu sein, die hier herauskamen. Darum war auch im Innern des Kraterkessels eigentlich von den Wolken des Bromo kaum etwas zu sehen. Sie waren unten noch zu heiß, um sichtbar zu werden. Nicht früher als auf etwa halber Höhe begannen sie sich zu feinen blauen Schleiern zu verdichten, und erst in einiger Erhebung über dem Kraterrand, bei der vollen Berührung mit der kühlen Atmosphäre, war die ganze mächtige Wolke hergestellt, die jahraus, jahrein dem Bromo entwallt.

Zeitweilig hat der Bromo aber auch wirkliche Ausbrüche. Dann entsteigt seinem Schlund nicht das feine, bläuliche Gewölk, das oben sich in Schwanenweiß verwandelt, sondern, unter mächtigem Brüllen und Donnern, eine dicke, schwarze Wolke von riesiger Größe, geformt wie der Qualm eines Schusses, und steigt hoch über die Wände des großen Tenggerwalles in die Luft empor. Um diese Zeit ist es unmöglich, dem Bromo zu nahen. Er überschüttet dann seine Gehänge von neuem mit Asche und schleudert auch große und kleine Lavablöcke weit in die Umgebung hinaus. Über einen großen Teil der Sandsee sieht man solche ausgestreut.

Von der Höhe des Munggalpasses hatte ich, ehe ich zur Sandsee abstieg, in der Ferne, jenseits des Südrandes des Tenggerkraters, sehr gut auch das ungeheure Haupt des Semeru beobachten können, des höchsten aller javanischen Vulkanberge (3676 Meter). Das Glas ließ deutlich erkennen, daß die Flanken seines steilen Kegels in ihren oberen Teilen völlig kahl waren: offenbar immer von neuem von frischer Asche überschüttet. Und ich hatte noch keine fünf Minuten gewartet, als aus dem Krater eine lichtgraue Wolke emporwuchs, sich über ihm höher und höher erhob, mit Wirbeln und innerem Wallen. Sie löste sich endlich vom Gipfel los und schwebte, allmählich zerfließend, mit dem Südostwind, der dort oben herrschte, von dannen. Es war das eine der kleinen Dampfaushauchungen, die der Semeru unablässig von sich gibt. Alle 10–20 Minuten trat an diesem Tage, solange ich beobachtete, das Ereignis ein. Man sagt, wenn der Semeru in dieser Bewegung ist, wenn er jene regelmäßigen Wolken ausstößt, dann ist es am Bromo sicher: er ist gleichsam das geöffnete Ventil eines beiden gemeinsamen Dampfkessels. Dies würde ein interessantes Gegenstück zu dem Mont Pelé auf Martinique und seinem Nachbarvulkan auf St. Vincent sein. Auch diese beiden haben augenscheinlich einen inneren Zusammenhang: nur äußert er sich in entgegengesetzter Weise wie hier: wenn der Pelé einen seiner seit 1902 sich Jahre hindurch wiederholenden Ausbrüche hatte, so konnte man fast mit Sicherheit darauf rechnen, daß nicht lange nachher auch der Saint-Vincent-Vulkan sich regte, und umgekehrt.

Es war mir sehr interessant, diese beiden Vulkane, den Pelé im fernen Westindien und den fast durch den Durchmesser der ganzen Erde getrennten Bromo miteinander vergleichen zu können. Zweifellos war der psychische Eindruck des Pelé erschütternder gewesen, weil ja die Spuren seiner entsetzlichen, erst einige Monate zuvor angerichteten Verwüstungen hier noch mit furchtbarer Deutlichkeit vor Augen standen, und weil man jeden Augenblick einen neuen Ausbruch erwarten konnte. Beim Bromo bestand eine solche Sorge nicht (wenigstens machte man sie sich nicht, ohne eigentlich eine wirkliche Gewähr dafür zu haben), aber an grandioser Phantastik des ganzen Bildes konnte dieses Tenggergebirge mit seinem riesigen Kraterrand, mit seiner rätselhaften Sandsee und dem offenen Vulkanschlund, der den Einblick in den glühenden Ofen der Erde so unmittelbar gestattete, wohl neben dem Pelé bestehen. Und es war leicht zu begreifen, wie ein mit Einbildungskraft begabtes Volk in diesem Ort das Heiligtum und den Wohnsitz einer Gottheit sehen kann, deren Wesen das Feuer ist. und der es hier in phantastischem Kult seine Opfer bringt.